田村政紀
Tamura Masaki

予防医学を
天命とした医師

今日も生かされている

コールサック社

今日も生かされている
――予防医学を天命とした医師

目次

二章

三章

四章

今日も生かされている

——予防医学を天命とした医師

田村政紀

はじめに

　私は一九六三年（昭和三十八年）にＰＬ（パーフェクト リバティー教団）の二代教祖《きょうそ》御木《みき》徳近《とくちか》師のお人柄と、説かれるＰＬの教えに惹かれてＰＬ教師を志願した。大本庁へ帰本したところ、世の中のどこに出ても恥ずかしくない人間に育てるためにＰＬ教校が開校され、ＰＬ教校第一期生として入校して教師生活をスタートした。

　ＰＬ教師として修業している中で、二代教祖の「すべてのＰＬ教師を医者にしたい」とのお言葉に感動して、一九六七年（昭和四十二年）一月九日に上京されて東京公館にいらっしゃった二代教祖に年頭のご挨拶をして、医学部受験のお願いをした。即座にお許しいただいて、一ヶ月後の二月の医学部入学試験を受けることになった。死に物狂いの受験勉強をして、一ヶ月後に日本大学医学部の入学試験を受けた。幸い医学部入試に合格し、一九七二年（昭和四十七年）六月に医師免許を得て医師となり、日大医学部有賀内科に入局し、医師としての修業が始まった。

　一九七六年（昭和五十一年）九月医学博士となり、一九七八年（昭和五十三年）二月四日付でＰＬ東京健康管理センター所長を拝命した。以来二〇一三年（平成二十五年）八月まで三十六年間所長を務め、二〇一四年（平成二十六年）九月まで一年間顧問となり、計三十七年間ＰＬ健管勤務をした。

退職にあたり、「自分史」を書こうと思い立った。自分のこれまで歩んだ道を思いかえすとき、中学三年生の年末に小学校の恩師、川辺綾子先生にＰＬの教えを紹介されＰＬ会員になったのを境に、私の人生は大きく展開した。特に金沢大学理学部化学科を卒業して、同級生二十名のうち私以外の十九名は一流企業に就職した。私一人がＰＬの二代教祖に惹かれて、ＰＬ教団布教師の道を歩んだことは、大きな人生の展開であった。幼少のころは貧しかったので、町内のいろんな方に助けられた。心から感謝している。

ＰＬに出会ってからＰＬ教校に入り、思いもしなかった社会に通用する人となるための、基礎的教養の養成に恵まれ、さらに医師へと飛躍することになった。ＰＬ二代教祖の大きな包容力と、人を引き付ける宗教家の魅力とお人柄に惹かれ、教祖を取り巻く大勢の先輩に教えられ育てていただいた。二代教祖のご恩は計り知れない。また、二代教祖夫人の御木久枝影身祖《かげみおや》さまにもいろいろ教えていただいたご恩は生涯忘れられない。

とくに、官憲の宗教弾圧によって、ひとのみち教団が解散させられた中で、終世信念を曲げなかった二代教祖と、命懸けで二代教祖を守った教祖夫人の働きに感動した。戦後間もなく佐賀県鳥栖市の教祖夫人の実家の橋本家で、ＰＬ教団として教えを再興をされた二代教祖の宗教家としての信念と世界平和招来への熱き思いのおかげで、我々の今日《こんにち》があることを思い知らされた。

ＰＬ教師と健管勤務を辞して、フリーの身になったのを機に、私の歩んできた人生のあれこれを「自分史」として記すことを思いたった。特に一九七八年（昭和五十三年）にＰＬ東京健康管理センター所長に就任してからの、三十六年間は波乱万丈だったたし、貴重な人生経験をさせていただいたと深く感謝している。センターの大改装と耐震の免震工事を見届けたタイミングの良い退任であったと思っている。倒産寸前だったときの所長就任時からの私の記憶にあるものだけでも、自分史の中に記しておこうと思っている。

桜の絵画の前で（平成五年）

一章

初めての信仰体験　父の命を救われた

信仰するということは、人の生くる道について教えの話を聞くこと、神に祈ることが中心であるが、信仰心を確固たるものにするには、教祖様の神に通ずる力を実感として体験することであると思う。私のＰＬの信仰体験として生涯忘れることのできないのは、「お身代《みがわ》りの願い」によって、父の命を救われた体験である。

一九五七年（昭和三十二年）の八月、ＰＬ大本庁の聖地羽曳野で開催された夏の学生錬成に、石川県立桜ケ丘高校二年生であった私は、ＰＬ学生会仲間と参加し充実した錬成を受けた。

中でも二代教祖様のご教話（ご親講）に深く感動した。お話の内容は、初代教祖の奥さまが身籠られたが、不幸にもお腹の児が亡くなり、母体の命も危ない状態になったとき、二代教祖が父の初代教祖に「どうしたら母の命を助けることができますか?」と尋ねられた。初代教祖は「自分の命が縮まってもいいので、母の命をお救いくださいと子供が神にお願いする道がある」と答えられた。

そこで二代教祖は「私の命が半分になってもかまいませんから、母の命をお救いください」と、命がけで神に頼まれた。間もなく胎児が出て、ご後室さまの命が助かったとのこと。二代教祖は「子供が命がけで親のことをお願いすると通じるんです」とおっしゃった。このご教話が深く心に残った。

一週間の学生錬成を終えて金沢駅から金沢教会へ行ったところ、教会長から「田村君、急いで家へ帰ってください。学生錬成に出発した日の夜から、君のお父さんがしゃっくりが出て止まらず、医者に往診してもらったが良くならない。症状が段々ひどくなり一週間続いていらっしゃる。昔からしゃっくりが三日続くと死ぬという話があるくらいなので、一週間続いていると大変です。とにかく急いで帰ってあげてください」と言われた。私は急ぎ帰宅した。

父がげっそり痩せて、青白い顔で臥せっていた。機関銃のように連発する酷《ひど》いしゃっくりで、喋ることもできない様子であった。母に聞くと連続しゃっくりのため食事もできず、同じ町内のお医者さんに往診してもらったが、原因もよく分からないし、治療法もないと言われているとのこと。父の機関銃のような連続しゃっくりと、痩せて蒼白い顔を見て、学生錬成での二代教祖様のご教話を思い出した。

私はわが家にお祀りしているＰＬの教徒神霊の前にぬかずいて「私の命が縮まって結構です。どうか父の命をお救いください」と本気でＰＬのお身代わりの神事を願った。命がけの祈りを終えたとき、後ろで連続しゃっくりをして喋ることもできなかった父が「治った！」と言った。

「治った」の声に驚いた私は、後ろを振り返って父を見た。何とあんなに酷かったしゃっくりがピタッと止まっていた。続いて父が「ああ、腹減った」と言った。

父もびっくりしたであろうが母も驚き、私はＰＬの教えの力を初めて実体験し、感動でしばらく言葉が出なかった。この実体験は生涯の宝となった。

与えられた生　四回の命の危険から救われて

私は毎日「今日も生かされている」ことに感謝している。自分の七十九年の人生を振り返ると、少なくともこれまで、四回の命の危険から救われた。

両親から聞いた話だが、生後二歳の頃（昭和十六年）、私は肺炎となり診療にあたってくれた医師から、もう助からないと言われたとのこと。熱を下げるのに馬肉を胸に貼るのが良いと聞き込んだ父が、必死に馬肉を探し求めて手に入れ、幼い私の胸に貼ったとのこと。

のちに父と母から、必死に馬肉を求めて走り回り、熱が下がって命が助かったことを聞かされ、両親の必死の思いが二歳児の私の命を救ったと思う。

二つ目は、鳴和中学二年生のとき、私は新聞部、演劇部に所属し、他に陸上競技部のマネージャーもしていた。ある日学校の運動場で、陸上競技部の練習を見守っていたとき、何の気もなしにひょいと前屈みになった瞬間に、砲丸投げの砲丸が後ろからドスンと私の前に落ちた。砲丸投げの練習をしていた選手の投げる方向が狂って砲丸が私の頭の方へ向かってしまい、「ア、アーッ頭に当たる！」と思って顔が真っ青になったとのこと。私の後頭部に当たる瞬間に突然私が前に屈んだため、砲丸は頭に当たらず私の前に落ちた。後頭部に当たる瞬間に、神の力が働いて私が前屈みになったとしか考えられない、不思議な出来事であった。

三つ目は、私が国立金沢大学理学部化学科二年生のときであった。朝は五時に起き、ＰＬ金沢教会の朝詣《あさまいり》に出席し、日中は化学実験をして一日の実験が終わったら、ＰＬ金沢教会での学生部会員との交流というように、多忙の毎日を送っていた。冬の寒さで風邪気味であったが、風邪ぐらいで休んでいられないと活動を続けていた中で、卒業した県立桜ケ丘高校の同窓会幹事会に出席した。発熱と咳で体調が悪いため幹事会を途中退席した。家に帰り着いてやっとの思いで電気こたつに潜り込んだまま、動けなくなった。

夕方母が帰宅して私の様子が悪そうなため、すぐ近所の開業医の往診をお願いした。先生が「重症の肺炎です。開業医の手に負えない状態なので、救急車を頼んで鳴和病院に大至急入院させましょう」との指示があった。私は、意識はあったが高熱と息苦しさで頭が朦朧とした中で鳴和病院へ搬送された。胸のレントゲン写真で両肺が白くなっていて、大至急、抗生物質を点滴注入しなくてはいけないということで、手足の静脈に点滴の針を刺そうと、医師が血管を探すが、体調悪化のため血管が沈んでしまって、点滴ができないという事態であった。五十年前の医療技術ではやむを得なかったらしい。今なら手足の静脈が確保できないときは、鎖骨上窩《さこつじょうか》から中心静脈へ穿刺《せんし》して、点滴を注入することが普通におこなわれている。

当時の鳴和病院の医師団は、やむを得ず私の左大腿部の筋肉へ点滴液を注入して、蒸しタオルで大腿部を揉むという処置をおこなった。この左大腿部の筋肉が今も硬直し、その部位が凹んでいる。風呂に入るたびに命が助かったことを思う。意識が朦朧とした中で耳だけはしっかり機能していた。母が私の耳元で「おしえおや様にお願いしているから大丈夫よ。祖《おや》遂《し》断《きり》＊、祖遂断と唱えるんだよ」繰り返し呼び掛けてくれていた。母が呼びかける声を時々思い出す。私は朦朧とし、苦しい息をしながら吐く息に合わせながら「オヤシキリ」と唱えていた。

私たち一家をＰＬへ導いてくださった、小学校の恩師の川辺先生が急を聞いて駆けつけてくださって、息絶え絶えで顔色も土《つち》気《け》色《いろ》の私をご覧になって「あら！もったいないなや！」と叫ばれたのが、はっきり耳に聞こえた。ＰＬ金沢教会の学生会の仲間も、毎日集まって私のために祖遂断を願ってくれたと聞かされた。両親と大勢の人の祈りと、ＰＬ教祖のお陰で命を救われ、重症の肺炎から生還した。

四つ目は、伊豆稲取の日大病院で六ヶ月の勤務を終える直前の、一九七八年（昭和五十三年）一月十四日に、伊豆近海大地震が稲取を直撃したとき、二代教祖の「第一感を粗末にするな。第一感を尊べ」との教えのお陰で、死を免れた。伊豆稲取での地震から救われた体験は別項で記す。

はっきりした四つの命の危険を免れて、私は七十九歳となった。

生かされていることに感謝し、ＰＬ二代教祖に心からの感謝を捧げたい。

＊祖遂断　ＰＬの神事の一つ

先祖と家族

私の先祖は、石川県能登の田舎の石川県羽咋郡《はくいぐん》北邑知村《きたおおちむら》の出身である。

現在分かっているのは、父方の曾祖父母は「田村市郎右衛門」と「むら」で、祖父母は「田村市治郎」と「をいそ」である。市治郎とをいそ夫婦には、三男二女の子供ができた。

長男「市太郎」、二男「勇作」、三男「政重（私の父）」、長女「はつい」、二女「すゝい」である。

市太郎伯父は、大阪に居ると言われているが、行方不明である。勇作伯父は奥さんを次々に代えていた。子供心に覚えているだけで奥さんは四人代わった。

叔母のすゝいさんの記憶は全くないので、若くして亡くなったと思われる。はつい叔母は、高島家へ嫁ぎとても良い人で、私どもも可愛がってもらった覚えがある。

母方の曾父母は曾父「松本萬次郎」、曾母「きん」だが、曾母は早くに病死したらしく私の記憶には曾母の思い出はない。萬次郎曾父の子供が私の母「百合子」と「和男」叔父である。

母はどういうルートで行儀見習いに入ったのか不明だが、大阪府知事の辻家へ女中奉公として入っていた。

和男叔父は、姉百合子に手紙を出すと書き方、字の間違いなど赤鉛筆でチェックしてきて、手直しさせられていたと言っていた。

父方も母方も同じ能登の羽咋郡の出身であったので、それが縁で私の父政重と母百合子の結婚の縁があったと思われる。新婚旅行は、宮崎県の日南海岸へ行ったと父から聞いた。

松本の曾父は浄土真宗の熱心な信徒で、毎日朝夕の仏壇礼拝は欠かさなかった。仕事は竹と藤の蔦《つた》で「箕《み》」を作っていた。当時金沢の郊外は田圃が広がっていて加賀百万石の名残をしめ、農家では米の収穫後の処理や他の雑穀の収穫時に「箕」を使っていたので、購入希望者があり忙しかった。材料確保のため、時間を割いて山に入っていた。

印象的だったのは、山で藤の蔦を探しているとき、自然薯《じねんじょ》の蔦を見つけ立派な自然薯を掘り出し、金沢の浄土真宗の本山の「東別院」へ献納することを喜びとしていた。子供心に曾父萬次郎の信仰心の深さが心に残った。

私が小学校三年生のころ、すぐ下の弟の建次は小学校一年生であったが、父が頭の炎症疾患に罹患して近所の熊沢病院に入院した。父は兄の勇作伯父に板金工として雇われていたが、給与が安くその上いつも遅配していたので、生活が大変だった。病院に付き添う母にとって、私や建次を手元に置くことが不可能であるため、母の実家の金沢市大樋町《おおひまち》の松本家に預けられ、松本家から森山小学校へ通った。

松本家は、曾母が早くに亡くなったため、曾父萬次郎と母の弟の和男の男だけの世帯であった。男世帯のところへ私と建次が預けられた。食事洗濯など大変な手間がかかったと思うが、曾父も和男叔父も本当に実の子のように育ててくださった。今思っても胸が熱くなる。その恩は生涯忘れることができない。

曾父萬次郎も和男叔父も円満な人で、怒ったのを見たことがなかった。

田村家の祖父の市治郎は、私の子供心に頑固な人だとの強い印象がある。食事の際、魚やカニは、生のまま頭からかぶりついてバリバリ食べるのには驚いた。こんな食べ方をしていたら胃が壊れるのではないかと子供心に心配になったが、実際に胃がんで亡くなった。食事の仕方を見れば胃がんになったことはうなずける。祖父の胃がんは、発見されたときは末期で手術もできず家で伏していたが、嫁百合子（私の母）がずっと祖父の看病をして最期を看取った。祖父の最後の言葉が、「ねえさん、世話になったね。ありがとう」だったと母から聞かされた。

父が脳の炎症で入院する前、伯父勇作が奥さんをとっかえひっかえしたうえ、口先三寸で上手い嘘でお金を借り、保証人として弟の私の父の田村政重にサインと実印を押させた。ある日の夕方突然裁判所の係官が来所し、伯父勇作の借金の保証人の責任を取ってもらうため、「差押えを実行します」と宣言したうえ、毎日の生活上に必要な最低限の箸と茶碗以外、大したお金になりそうにない品まで次々と押さえられ封印された。子供心に今晩からどうしたらよいのかと心配だった。この保証人になったための差押えは、伯父勇作の当時の何番目かの奥さんが、金沢でも名の通った料亭の娘だったことから、料亭経営のお父様が、娘の不祥事とおっしゃって借金を弁済してくださったので、私の家の差押えも解かれた。子供心に「親しい人から頼まれても、実印を押してはいけない」ことを学んだ。

私のすぐ下の建次は、金沢市立工業高校を卒業し上京して染料会社に就職した。昼会社に勤め夜は中央大学の夜間部に通い立派に卒業した。建次は後に私たち兄弟の小学校の恩師であり、PLへの紹介者でもある川辺先生に見込まれて、川辺家へ養子に入った。川辺裕美《ひろみ》さんとの間に一男一女が生まれ、川辺家の家業の一つの自動車板金会社の社長を務めた。弟の建次はよく人の世話をする、気の良い男であった。最近胃の調子が良くないのに気付いた建次の娘の理智《りち》ちゃんが心配して電話してきたので、私は建次に「上京してPL健管に来るよう」何回も勧めたが、うんと言わないので「地元の医師に診てもらうよう」指示した。それでも受診しないまま半年ぐらい経って、いよいよ食べられなくなって、地元の先生に診てもらったところ、末期の胃がんであった。地元の業者仲間でも若手のリーダーとして期待されていたし、PL会員の幹部としても期待されていただけに、惜しい男を亡くした。

三番目の弟重洋は、中学生のころから音楽に興味を持ち、PL学園高校音楽寮生となり、PL音楽寮長となって後輩の育成に努力した。PL病院のナースであった美保さんと結婚し一男一女を得て、PL大本庁のある富田林《とんだばやし》で暮らしている。

一番下の弟浩は、PL二代教祖はじめいろんな方々のご好意に恵まれて育った。貧乏だったわが家では、東京の大学への進学は話にもならない無理な話であったが、浩は何を考えたのか、とにかく早稲田大学を受験したいと願い、仮に合格しても入学金も生活費も出せないが、気の済むように受験だけを両親は許した。受験の結果「合格」であった。どこで耳にされたかは不明であったが、私は二代教祖に呼ばれて渋谷のＰＬ東京公館へ参上した。二代教祖は全国各地のＰＬ教師の子弟が、学費や衣食住に困らないようにＰＬ渋谷教会の敷地に学生寮を建て、学費・衣食住一切の費用を教団が面倒みるようにしてくださっていた。但し、親がＰＬ教師であることが基本であった。弟浩の場合は金沢の両親がＰＬ会員であるものの、ＰＬ布教師ではないので該当しなかった。

二代教祖は「君の場合、兄弟皆ＰＬ教師になっている。特に許可するので、弟はＳＣ寮に入って早稲田大学で勉強しなさい」と格別の配慮をしてくださった。思いがけないご配慮に、ただ感謝申し上げるのみであった。

ところが、早稲田大学の卒業式の日の夕方、弟浩が「早稲田大学を卒業させていただいた。おしえおや様に申し訳ないが、ＳＣ寮生は必ずＰＬ教師になるという教団の方針にどうしても従えない。ＰＬ教師を辞退したい」と訴えてきた。弟の我儘《わがまま》に驚いたし、格別のご配慮をしてくださった二代教祖様には申し訳ないとの思いで胸が詰まった。どうお詫びしたらよいかと悩みながら、東京公館に向かった。必死の思いで公館台所に入ると、二代教祖が坐っていらっしゃった。私は身を縮めこませて二代教祖に、弟浩がＳＣ寮に入れていただいて早稲田大学を卒業させていただいたことのお礼と、弟がＰＬ教師になることを辞退したいと我儘を言っていることのお詫びを申し上げた。

私のお詫びが終わるや否や、二代教祖は「お前に謝ってもらってもどうにもならん。弟の分までお前が二倍も三倍も働け」と一喝された。教祖の一喝に驚いて震えあがった私は、公館裏口を逃げるように飛び出した。その足でＳＣ寮に向かい、弟浩に「教祖様に早稲田卒業のお礼と、ＰＬ教師辞退のお詫びを申し上げた。金沢の貧乏人の息子が早稲田大学に入り、何の心配もなく勉強し卒業できたのは、二代教祖様の特別のご配慮のお陰だ。生涯感謝申し上げ、ご恩に報いる心を忘れるなよ」と、きつく弟に教え諭した。

弟浩は早稲田を卒業後、私の先輩教師の平石先生のご紹介で、枚方市で建築資材会社を経営する伊藤社長のお嬢さんの洋子さんとお見合いし結婚した。

伊藤氏はＰＬ枚方教会の代表会員で立派な方でいらっしゃった。洋子さんもご両親も浩のことをすっかり気に入ってくださり、結婚式を挙げることができた。弟が見合いのとき正直に「自分には家も財産も有りません」と話したらしく、伊藤氏は弟の早稲田大学卒業を評価してくださり、さらに私の兄弟が皆ＰＬ教師になっていること、ＰＬ教師はお金や財産を持たず、生涯を世のため人のために捧げる決心をして、教祖に弟子入りしていることなどを、すべて理解してくださったうえで、結婚披露宴の費用、ハワイへの新婚旅行費用、東京池尻のマンション購入、自家用車の購入など、あらゆる出費をしてくださった。余りに何もかもやってくださったので申し訳なく思い、私が教師となって積み立てている僅かの厚生積立金十万円を下ろし、伊藤さんに「私の方は何もできませんので申し訳ありません、せめてもの気持ちです」と申し上げて、十万円を差し出した。伊藤さんは「PLの先生にはお金が無いことは、分かっていますのに」と、おっしゃりながら、十万円を受け取ってくださった。受け取られた後、PL渋谷教会の神前に深々と礼拝された後、神前の献納箱にその十万円の封筒をポンと献納されてしまった。

弟や私にとっても、夢のような結婚式の一切であった。私は弟浩に「このように恵まれた結婚式ができたのは、両親や伊藤さんや、二代教祖様のお陰である。まるでシンデレラボーイのようだ」と言い、生涯このご恩を忘れるなと、言い渡した。

私たちの父と母は、一時貧乏生活に苦労したがPLに入会して改善していった。両親ともにPL教会の常勤補教師として、PL会員さんのお世話をよくしていた。母は、父の卒寿のお祝いをどうするかに迷って考えながら、階段を下りていて足を踏み外し、頭を強打して硬膜下血腫を発症し、手術で命は助かったが、これが原因で急激なボケが起きて亡くなった。母の葬儀のとき、母の世話になったという人が多数参列してくださり、母の生前の献身ぶりを知らされた。父は母の死後、年金で賄える近くの有料老人ホームに入居した。ホーム内のいろんな催しごとに率先して参加したので、ホームの職員さんから重宝がられた。私たち夫婦で年に一回父を温泉に連れ出したが、この温泉行を父はとても楽しみにしていて、温泉宿の夕食では、少々のアルコールに気分良くして、大きな声で「山中節」

を謡った。私たち兄弟家族で父の百歳の祝いをしたとき、父の朗々とした「山中節」を聞いたのが父の歌声の最後となった。父は老衰で百歳の生涯を終えた。父母ともに大勢の人から慕われた良き人生であったと思う。

私の妻智子については別項に記すが、二代教祖直々のご指示で結婚した。智子のお陰で私の人生は、開けたと思う。智子は人を幸せにする力を持った女性だと思う。二代教祖に心からお礼申し上げたい。

私たち夫婦には、長男「高紀《たかき》」と次男「政近《まさちか》」の二人の子供に恵まれた。

長男はＰＬ学園卒業後、中央大学商学部に進み、現在は東京薬科大学の事務部で働いている。次男政近は、都立目黒高校卒業後、聖マリアンナ医科大学に入学し、聖マリの循環器内科医として十年以上勤務していた。当時ＰＬ東京健康管理センター所長であった私は、優秀な循環器内科医を探していた。息子に指名せざるを得ないと決心して、政近に話し了解を得た。

政近は、高校時代も聖マリ時代も男子バスケット部のキャプテンをしていたが、女子バスケ部のキャプテンだった幸子さんと恋愛し結婚して三児に恵まれた。今は、ＰＬ東京健康管理センター診療部長となり、幸子さんは都立広尾病院小児科医として、夫婦ともに多忙な日々を送っている。

我々家族が今日あるのは、二代教祖と奥さまの影身祖さまの大いなる愛情のお陰であると、改めて感謝申し上げる。

子供時代から大学までの思い出

貧しいながらも、真面目に生きようとしていた父母（父政重・母百合子）の愛情に包まれて、私たち子供四人（長男私政紀、次男建次、三男重洋、四男浩）は、真っ直ぐに育てられた。

まず自分の歴史を時間軸で見ると、太平洋戦争勃発の前年昭和十五年に生まれた。昭和十五年は皇紀二千六百年という区切りの年であったため、昭和十五年生まれの男児の名に「紀」の付く人が多い。私も「政紀《まさき》」である。

終戦の昭和二十年までの五年間の思い出は、父は軍隊で中国へ出征したが、中国から帰還後終戦まで金沢近郊の中島飛行機の工場で戦闘機の部品生産に携わった。工場長の次ぐらいの役であったらしく、私の幼少の記憶の中に父が壇上に上がって、訓示らしきことをやっていたのを覚えている。

太平洋戦争が激しくなり、食べるものに困ったいろんな思い出があるし、戦後の貧乏生活の思い出も多い。

私が小学校に上がる前は、終戦前で食糧難のため家の前に土を置き、少しでも家計の足しになればと、父と母が大根の種をまいた。ようやく芽が出て明日あたり食べるのに丁度良いなと思っていたら、夜のうちに全部誰かに持っていかれてしまったことが妙に記憶に残っている。

終戦から終戦後の食糧難の頃、父が木に登って食べられる葉を落とし（何の木か分からない）、下で私とすぐ下の弟の建次が拾い集めたことも印象深い。近くの畑を借りて野菜を作った覚えがあるが、周りの田圃には、イナゴがいっぱいいたのでタモで取り、取ったイナゴを一日袋に入れて吊るしておいて糞をさせ、その後煎ってご飯の足しに食べたことも何かのときに思い出す。近所のNさん宅では、蛙を捕まえて皮をむき、串刺しにして焼いて食べていたが、蛙を食う気にはなれなかった。蛙を見るとあの頃の光景が蘇る。終戦の頃は、塩も醬油も味噌も無くなり、金沢郊外の粟ケ崎の海岸に住む人が、海水をビンに入れて売りに来ていたことや、空襲警報のサイレンとともに、金沢の上空をキラキラ光るB29が通り過ぎて行ったのを思い出す。

私が小学校の低学年の頃、父が入院した。そのため家計は母の内職での収入だけであったので、生活はギリギリの貧乏生活であった。年末に家族会議をやった。「正月の餅を搗《つ》くお金が無いので、皆我慢しよう」ということになり、私も弟たちも幼いながら納得した。私の家の左隣の「化粧《けしょう》」さんは、箪笥の修理屋さんだったが、子沢山でいらっしゃって家計が大変と聞いていた。私たちの町、金沢市山ノ上町一・二丁目の中で、最も家計が大変なのは「田村家と化粧家」といわれていた。化粧さんの奥さんが大晦日《おおみそか》にわが家へ来られ、赤い蒲鉾《かまぼこ》の端を切り落としたヘタを集めたものを「失礼かもしれませんが、どうぞ」といって持ってきてくださった。化粧さんの親戚の「ハチロウ寿司」さんが、化粧さんが生活に困っているらしいので食べてもらおうと、正月用に赤い紅を塗った蒲鉾の端をそろえるために切り落としたものを、持ってきてくださったとのことであった。子供心に蒲鉾のへたの美味しかったのをはっきり覚えている。餅もおせちもない「わが家の正月のおせち」は、この赤蒲鉾の端であったが、うれしく正月を迎えることができた。七十年前の思い出だが毎年元旦になると、このときの蒲鉾のへたの集めたものの、美味しかった思い出がよみがえる。

私は金沢市立森山小学校卒であるが、小学校の頃は成績が良かったとか、悪かったとかの思い出ははっきりしないが、小学校卒業式に卒業生代表で校長先生から卒業生全員の卒業証書を受け取った。壇上で校長先生から手渡された証書が重くて、危うく落としそうになったのを妙に覚えている。私が小学校六年生のとき一番下の弟浩が小学一年生で、兄弟四人全部が男で同じ小学校に同時に通うことになった。こんなことは当時でも珍しいことであったようだ。小学校時代を思い出すと、食糧難に加えて日常の生活に必要な品を買うお金がないため「つけにしてください」とお願いしなくてはならなかった。そのつけの買い物役は、長男の私の役目であった。魚の二永《になが》さん、野菜の坂野さん、日常雑貨の坂本さん、衣料品の宮永さんなど、〝つけ〟でお願いした店である。坂本さんは「大きくなって出世払いでいいよ」とまで言ってくださっていた。思い出すたびに胸が熱くなる。

両親は男ばかり四人の子供に長幼の序をはっきりとさせて育ててくれた。私たち兄弟は今も何かあれば長男の私に相談にくる。いつも兄弟仲がいいですねと言われるが、父母の養育の賜物である。

私が小学校を卒業する少し前に、父はバスの車体を張る金沢産業株式会社に入社し、毎月きちっと給料を受け取るようになったので、小学校低学年時代のような極貧生活ではなくなった。

中学校は金沢市立鳴和中学に入学した。中学の担任は寺田静幸《てらだせいこう》先生であった。先生ご自身が陸上競技短距離百メートルの、石川県の記録保持者であった。私自身は運動神経がまったく駄目であったが、陸上競技部のマネージャーならできるということで、マネージャーになった。また、親しかった一年先輩の赤門寺《あかもんでら》の桐谷征一《きりやせいいち》さんに誘われて、新聞部に入って学校新聞作りに参加した。どういう縁があったか思い出せないが、演劇に興味があり演劇部にも入った。毎年金沢市の中学校の演劇発表会があり、この年の発表会では鳴和中学校は「ああ無情」を発表した。私はジャビエル警視の役をやった。中学時代の最大の思い出は、生徒会長選挙に立候補したことである。立候補者の立会い演説会で自分の考えを発表し、全校生徒による選挙に当選した。大人の世界の議会のように、いろんな決めごとを決めるとか予算を決めるとかの議決権はなく、自分たちでやれるルールを話し合う程度のことしか、やることはなかったが、選挙に立候補し立会い演説をおこない、投票するということ自体に意味があった。生徒会長に当選した私は、何となく世の中の在り方に漠然とした不満のようなものを感じていた。多分私の言動にその一端が出ていたのではないかと思われる。

中学三年の卒業式前の十二月（一九五五年、昭和三十年）私の身辺に大きな変化があった。一九五五年（昭和三十年）十二月三十日に、小学校時代の音楽の先生であり、弟たちの担任教師であった川辺綾子先生がわが家へ訪ねてこられた。川辺先生は私たち兄弟のことを気にかけてくださっていて、特に長男の私は学校の成績が良かったが、今後高校生、大学生と育っていく中で「世のため人のため」を常に心がけて、社会に役立つ人に育ってもらいたい。そのために川辺先生が信仰しているＰＬの教えを学んで欲しい、と私や私の両親や弟たちの幸せを願って、ＰＬの会員になるよう勧めてくださった。

私のことを思って熱心に勧めてくださる川辺先生のお気持ちに感動した。即日ＰＬ会員となり正月休み中に全国のＰＬ教会の学生会員が、ＰＬ大本庁のある大阪羽曳野《はびきの》の三百万坪の聖地に集う「学生錬成」に参加した。何もかもが生まれて初めて経験することであった。リーダーの総班長の大学生初め、全国学生会幹部の人たちの熱い思いに触れて、私の体にエネルギーが注入されるという思いで体が熱くなった。

また、ＰＬの教祖御木徳近先生の教話に感動した。ＰＬに入会してすぐの私には、宗教用語の意味は分からなかったが、話し全体として「世界平和のため世のため人のための一切である」「先祖を大切にすべし。特に子供が親のため自分の命を縮めてもと願うとき、その願いは神に通ずる」など、教祖のお話の一つ一つが心に沁みこんだ。新しい別世界を知った。このことは、私の人世の生き方を決める重大なできごとであった。

中学三年の卒業直前にＰＬを知って高校受験に臨んだが、心がすっきり晴れた感じで受験できた。

石川県立金沢桜ケ丘高校に入学した。中学までは義務教育なので、貧乏の中でも学校へ通うことができたが、高校からは義務教育ではないのでお金がかかる。私は桜ケ丘高校進学と同時に奨学資金を申請した。高校では進学クラスに入り勉強とクラブ活動と、ＰＬ学生会活動の三つを高校生活の中心に据えた。

クラブ活動は、中学の親しい一年先輩の桐谷征一さんがブラスバンドに入っていたので、私もブラスバンド部に入り、トランペットを担当した。金沢は高校野球も盛んであったが、学生相撲が盛んで野球試合と相撲の大会に、ブラスバンドの応援が欠かせないということで、ブラスバンド部として度々応援に出かけた。ブラスバンド部に入って生涯の友を得た。ブラスバンドでサックス担当の杉谷《すぎたに》繁樹《しげき》君である。杉谷君は私が中学卒業寸前にＰＬを知り、深く感動したことを率直に受け入れてくれ、ＰＬ会員となってくれた。

ＰＬ金沢教会の学生部はまだ組織化されていなくて、会員の子供さんたちは親に連れられて、たまに教会へお詣りするという状態であった。私は杉谷君と相談して部活のブラスバンドが終わったら、なるべく二人で教会へお詣りし、一時間ぐらい学生部の将来を話し合うことにした。その間に教会へ親と一緒に来た学生に声をかけ「一人で教会へ来ても私たち二人が必ずいるから、来てください」と声をかけた。特に日曜日の教会朝詣りでは、全体の朝のお祈りが終わったら学生部員が全員前に出て、ＰＬ学生会遂断詞《しきりことば》「ＰＬ学生は将来世のため人のために役立つ人間になります」「ＰＬ学生は親孝行をします」……などを神に誓うお祈りをした。日曜日の学生会の誓いの詞《ことば》をお祈りする様子を見たお父さんお母さん方が感動し、うちの子供も学生会に入って日曜日の学生会誓いのお詣りに参加させたいと思って、日曜朝詣《あさまいり》へ子供さんを連れてくる人が次々と増えていった。三ヶ月に一回ＰＬ学生会結び会を実施したが、会費百円でいろんな工夫をして食事とゲーム等をおこない、勉学に励むことを誓い合った。印象に残っているのは、ＰＬ全国学生連盟の申し合わせで、夏休み中の三日間、朝詣参拝の学生会員数を競争する「全国学生会朝詣競誠」がおこなわれたときのことである。三日間は朝教会へ行く途中、学生会員の人の起床を確かめたり、起床を促したりして競誠に努力した結果、ＰＬ金沢教会学生部は、三日間毎朝百名以上の学生朝詣参拝があり全国一位となった。私の思い出に残る楽しい思い出である。

　高校も県立桜ケ丘高校に入学したが、授業料を分納にしてもらった。さらに国立金沢大学理学部化学科に入学したが、大学の年間授業料も分割納入にしてもらい、さらに奨学金を受けた。

　大学に進学するとき、「大学の授業料を出せないから、高校を卒業したら働いてくれ」と親に言われていたので、私は「食事だけは家で頼みます。大学の授業料やいろんな費用は、アルバイトと奨学金で何とかするので、金沢大学への進学を許して欲しい」と両親に頼んだ。ＰＬの学生会活動と週二回の家庭教師のアルバイトをすることで、時間的余裕は全くなかったが、大学生活とＰＬ学生会活動で忙しくて、結構楽しく張り切っていた。

ご近所の皆さんに「つけ」で買い物させていただいたほかに、向かい家の自転車屋の川向《かわむかい》さんのご主人は、古自転車を五百円で売ってくださり「分解号《ぶんかいごう》」と名付けて通学や教会への行き来に重宝した。越田質店のご主人は、サージの学生服の上衣の質流れしたものを、千円で売ってくださり、たまたま私にぴったりのサイズだったので、大学生活中はこのサージの学生服の上衣をずっと愛用していた。冬には町内の善導寺《ぜんどうじ》の庵主さんから、寺の屋根の雪降しのアルバイトを、夏のお盆では町内の光《こう》学寺《がくじ》の和尚さんから墓所の行灯の点灯と、夕方から夜にかけて墓参りに来る人の案内のアルバイトを頼まれておこなった。いろいろアルバイトをやったが、金銭的には全く余裕のない大学生活であった。

国立金沢大学理学部化学科の学生数は、一学年二十名であったが、夏休みや春休みに化学科の同級生から旅行の誘いがしばしばあった。しかし「金がなくて旅行に行くなんてできない」というのが恥ずかしくて、「ちょっと都合が悪くて」と、いつも逃げていて一回も大学の同級生と旅行したことがなかった。だから大学生活四年間の間で、ＰＬ学生会の行事以外に、酒、麻雀、旅行など全くやらなかったし、やりたいとも思わなかった。

幼いころを思い出すにつけお世話になった方々のご恩に心から感謝している。

荏原教会長として赴任（昭和四十二年　日大医学部受験前）

二章

人生を拓いてくださった恩人

二代教祖御木徳近《きょうそみきとくちか》先生と御奥様（影身祖《かげみおや》さま）御木久枝先生と川辺綾子先生と妻智子へ感謝

私の人生はＰＬを知り、二代教祖御木徳近先生に弟子入りし大きく展開した。

私ども田村家一同にＰＬを紹介してくださったのは、私たち四人兄弟が学んだ、金沢市立森山小学校の教員であった川辺綾子先生であった。川辺先生のお陰で、私たち一家はＰＬに入会した。

私はＰＬ大本庁の聖地羽曳野でのＰＬ学生錬成に参加し、二代教祖御木徳近先生の教話（ご親講）を直接拝聴しそのご教話に感動した。

県立金沢桜ケ丘高校を卒業後、国立金沢大学理学部化学科へ進み化学実験に取り組みながらも、二代教祖御木徳近先生を人生の師と仰ぎたいとの思いが募っていった。

一方、苦しい家計の中で、懸命に子育てしてくれた両親が私の就職を心待ちにしてくれていることを考え、金沢大学化学科卒業後に防衛省研究所員となる道を選んだ。

大学四年生の夏、ＰＬ大学団北海道研修会が初めておこなわれた。北海道の支笏湖《しこつこ》と屈斜路湖《くっしゃろこ》畔でキャンプしながら諸行事がおこなわれた。キャンプファイアの後、二代教祖の秘書室の先生方が来道し、参加の大学四年生に対し星空の下で、二代教祖が来春（一九六三年、昭和三十八年）四月にＰＬ大本庁聖地羽曳野にＰＬ教校を開設すること、来春大学を卒業する現大学四年生を対象に募集を開始することと、教校入校と同時に御木徳近先生に弟子入りし、将来社会に役立つ人間教育をおこなうことを熱く語られた。

私は「二代教祖に弟子入りする」ことに激しく心を揺さぶられた。「御木徳近先生の弟子になりたい」という思いと、「私の就職を心待ちにしている両親への思い」に心が揺れた。

北海道からの帰りの汽車の中で、食事もせずに自分の本心はどうかとずっと考え続けた。金沢から大学団研修に一緒に参加した田原壮吉《たわらそうきち》君は、東京の大学に在学し下宿生活をしていた。その縁で田原君の東京の下宿先に転がり込んで、ようやく十数時間ぶりの食事にありついた。

さらに東京から金沢への汽車の中でもずっと考え続けた。

金沢に着く前に「ＰＬ教校に入校し、御木徳近先生の弟子になろう」と私の腹が決まった。

自宅に帰るなり両親の前で正座し、両手をついて「ＰＬ教校に入り二代教祖様に弟子入りしたい。今回の北海道研修会で教祖秘書室の先生から、ＰＬ教校の開校と教祖様への弟子入りの件を勧められ、帰りの汽車の中で、自分の本心がどこにあるのかをずっと考え続け、ようやく腹を決めました。どうかＰＬ教校一期生として入校し、教祖に弟子入りすることを許してください。弟子入りしても親孝行は決して忘れません」と、お願いをした。

両親は黙って私の決心を聞いてくれ、しばらく間をおいて「そこまで決心したのなら、いいだろう」と許してくれた。

ＰＬ教校には一期生として十五名の大学卒業生が入校した。

ＰＬ教校の授業は教義の勉強もあったが、まるで花婿修業のような内容であり驚いた。茶道、華道、日本舞踊、小唄、英会話、短歌、ゴルフ、社交ダンス等々の稽古ごとが続いた。

そのうえ、時々二代教祖が直々に夜を徹して教えの話（ご親講）をしてくださった。

私の生まれ育った金沢は、加賀前田家百万石の城下町で諸稽古ごとが盛んな街であったが、家計が苦しかった私にとって、金沢の伝統ある稽古ごととは縁が無かったので、教校の毎日の生活は未知の世界へ一歩一歩踏み込んで行くようで、夢中で楽しい毎日であった。

丁度、新幹線が完成し大阪〜京都間を試乗運行されたとき、二代教祖が私たちＰＬ教校生を試乗運転へお連れしてくださったことは、忘れられない思い出である。

お茶は、初代教祖夫人が教えてくださったが、正座で足がしびれた思い出が強烈に残っている。お花は草月流の湯浅夫人が教えてくださった。小唄は、毎週水曜日に大阪から鈴木先生が来て教えてくださった。社交ダンスは、佐藤先生ご夫妻が教えてくださった。

ＰＬの教えの真理についての講義や修業もいろいろあり、忙しくも充実した教校生活であった。

二年間の教校の卒業には試験があった。日本舞踊と礼典法の試験を終え、無事教校を卒業したが、二代教祖御木徳近先生が、教団幹部の先生方や秘書室の先生方に「ＰＬ教校生を将来お座敷に出せる人間に育てたい」と常におっしゃっていたと聞かせられ、二代教祖に弟子入りし生涯をお預けできる幸せに心が震え、ご恩にお応えしようと決意を新たにした。

二代教祖御木徳近先生の奥様御木久枝先生（影身祖さま）からいただいたご恩も忘れられない。

二代教祖は戦前の宗教弾圧によって、不敬罪の名目でひとのみち教団が解散させられ入獄された。「神に誓って無実である」との信念を命がけで貫いた教祖を支えたのは、教祖夫人の御木久枝先生と「教師結び体」の先生方であった。

太平洋戦争の終結により進駐して来たマッカーサーによって教祖は釈放され、昭和二十一年九月に教祖夫人のご実家である佐賀県鳥栖市の橋本家において、ＰＬ教団を立教された。

二代教祖ご夫妻のお陰で教団は大きく発展し、のちに大阪富田林の羽曳野に三百万坪の教団本部を授かり、教団会員と共にその開拓と整備に邁進された。羽曳野の本部の開拓整備を進める間、教祖は東京渋谷のＰＬ東京中央教会の一画に東京公館を建てられ、ＰＬ教団を始め多くの新宗教を「新宗教連盟」としてまとめ、その初代理事長として大阪富田林と東京公館を頻繁に往来されていた。

その間教祖夫人（影身祖さま）は、東京公館にお住まいであった。

二代教祖に弟子入りした私は、教祖が常に口にされる「宗教と科学は一致すべきである」「全教会長を医者にしたい。吾こそはと思うものは手を挙げよ」とのお言葉に心揺さぶられ、一九六六年（昭和四十一年）の大晦日に医学部受験の希望を妻智子に伝えた。

「あなたが決意したのなら、頑張ってくださぃ。妻として応援します」との力強い承諾を得た。

大本庁での元旦祭をはじめ新年の行事を終えて、一九六七年一月九日に上京された二代教祖へ、新年のご挨拶を申し上げ、医学部受験のお願いをした。その場で許可してくださった。

医学部の入学試験は、一か月後の二月十一日・十二日であった。

二代教祖に許可していただいての受験勉強は、不思議な体験であった。一ヶ月しか受験勉強期間がなかったが無事合格できた。

医学部受験に合格したときは、ＰＬ荏原教会長であったので、朝から日大医学部学生として通学し、日中の教会は家内が守ってくれた。夕方医学部の授業を終えて教会へ帰ってから、夜は昼間に相談の電話のあった会員宅を訪問するという、毎日が始まった。

医学部の学年が進むにつれて、荏原教会のような大きな教会の教会長と、医学部通学の両立は無理だろうと、二代教祖が配慮してくださり、こぢんまりした大森教会に移った。

さらに、医学部五年生となり、病棟での実際の医師の診療を学ぶ「ポリクリ」（ドイツのポリクリニックのことで臨床実習の意）が始まったため、帰宅が夜になったり、産婦人科での「ポリクリ」では、徹夜で病棟実習した。そのため帰宅できないこともあり、ＰＬ大森教会長を兼任することが困難になった。

二代教祖のご配慮で東京中央教会詰めとなり、関東教区長付という辞令をいただいて、医学部での勉強を中心の生活ができるようになった。

医師国家試験に合格して病棟医としての実務に入った三年間の間、東京中央教会敷地の一画にある東京公館にお住まいの二代教祖夫人（影身祖さま）から格別のご指導をいただいた。

私は結婚するまで、妻の智子が二代教祖夫人の妹の娘、つまり、姪であることを知らなかった。家内の両親は、教祖の身内であることをひけらかすようなことが全くなく、真面目で控えめで、朴訥《ぼくとつ》なお人柄の両親であった。

私は東京中央教会詰めになり、教会敷地内の長屋に住まうことになったので、二代教祖夫人にご挨拶に伺った。教祖夫人がいろんな話をしてくださり、そのお話が心に沁みた。このときから教祖夫人が「大学病院勤めが終わって帰ったら、いつでもいらっしゃい。裏門から入って、私の部屋の庭に面したガラス戸を叩きなさい。あなたであることを確認してすぐ裏のドアを開けるからね」とおっしゃっていただいた。

影身祖さまのそのお言葉がありがたくて、お言葉に甘えて週に三〜四回お話を伺いに参上するようになった。約三年間の間、夜参上してはいろんなことを教えていただいた。このときの教えていただいたことにより、私の弟子としての心がしっかりと定まったと思うとともに、のちにＰＬ教団祐祖の一人として、特に許されたことに繋がったと思う。

影身祖さまはその後大阪富田林の大本庁内にお住まいが整備され、東京公館から富田林の大本庁へ移られたので、三年間いただいた特別教育は終わったが、教祖夫人影身祖さまから教えていただいた弟子としての道の数々のことが、今思ってもありがたく感謝いっぱいである。

教祖御木徳近先生の弟子となり、弟子としての道を深く教えていただいたことに、弟子としての喜びと教祖ご夫妻のご恩に心が震える。

二代教祖のお陰で予想もできなかった医師となり、ＰＬ東京健康管理センター所長を拝命した。倒産寸前の大赤字のＰＬ東京健康管理センターを、奇跡的に黒字化できた。二代教祖の強力なご指導と職員の努力のお陰であるが、家内智子の「生む力のおかげ」でもあると感謝している。

智子は私の医学部での勉強のときも、医師となって病棟での勤務のときも、教会会員や健康管理センター職員やその奥さんや子供たちに、いつも笑顔でよく心配りしてくれていた。

また、私が家内と外出するとき、赤ちゃんを抱いたご婦人に会い家内がにっこり笑顔を向けて赤ちゃんに声をかけると、赤ちゃんもにっこり笑うのにしばしば出会い、智子の人柄にいつも感心している。私はいつも「智子は物金に恵まれる性格の人柄である」と思わされている。私が教祖に弟子入りし、智子と結婚してから物金に苦労することなく過ごせたのは、智子の物金に恵まれる性格のお陰と心から思う。このことは私の人生の展開に大きな力となっている。

私の両親の信仰心は、母の父の松本萬次郎から受け継いでいた。曾父松本萬次郎は、浄土真宗の信篤き人で、年一回金沢の山に入り自然薯を掘り出し、大きく太い自然薯を東本願寺金沢別院に献納することを長年続け、毎日朝夕の仏壇へのお詣りを欠かしたことがなかった。

さらに忘れていけないのは、我々一家をPLへ導いてくださった、川辺博三、綾子ご夫妻のご恩である。博三氏のお父様は、「ひとのみち教」からの信仰篤き人で、教団弾圧中も信仰を曲げなかった人であった。奥さまの綾子様は私や弟達の通う金沢市立森山小学校の先生であった。この川辺先生の紹介で私ども一家はPL会員となった。私の両親がまずPL会員となり、私は中学三年（一九九五年、昭和三十年）十二月にPL会員となった。川辺先生の紹介で私たち一家は、心が救われた。そのおかげで二代教祖の教えに触れ、その後の人生の展開があった。川辺先生のご恩には生涯をかけて感謝している。

こうして私の人生を思うと、両親の恩、川辺先生の恩、二代教祖ご夫妻の恩、そして妻智子の支えあっての人世の展開と感謝せずにいられない。

金沢大学理学部化学科卒業後、入隊することになっていた海上自衛隊の研修会時（昭和36年）

ＰＬ教師志願

金沢大学理学部化学科在学中（一九六二年）に、海上自衛隊の研究所幹部の松田一佐（旧大佐）と、理学部長の川島教授の話し合いの中で、金沢大学理学部と防衛大学の両方を受けた学生がいるということで、私の名が出たとのこと、早速その学生に会いたいということになり、私は川島学部長室に呼ばれた。何の用だろうと思いながら学部長室に入ると、海上自衛隊一佐の方がいらっしゃった。学部長から紹介され、松田一佐が海上自衛隊研究所のスタッフを募集すべく、全国の大学の理学部を訪問していらっしゃることが分かり、私が学部長室に呼ばれた理由が判明した。

大学卒業後は就職をしなくてはいけないが、自衛隊の研究所であれば防衛大学へは行かなかったものの、自衛隊は必要であると思っていたし、研究所であれば実際の部隊とは違って、研究という生活が続けられると考え、大学卒業後海上自衛隊幹部候補生となって入隊することに決めた。

当時大学卒業後、自衛隊幹部候補生として入隊を誓約した学生に対し、月額五千円の国費が与えられる『国費貸費生』となった。一九六二年（昭和三十七年）当時の、小中学生の勉強を見るアルバイト代は一人月千円～二千円だったので、月五千円は貴重だった。国費貸費生となって間もなく、貸費生の「海上自衛隊基地めぐり」がおこなわれ、全国各大学で貸費生となった五名が参加した。引率は海上幕僚監部の上村嵐二佐であった。海上自衛隊機で鹿屋基地、岩木基地、呉の元海軍兵学校など訪問したが、何しろ飛行機に乗るのが初めてだったし、機内で出された海上自衛隊食も美味しかった。最も感激したのは、上村《かみむら》嵐《あらし》二佐の言動であった。上村二佐はレイテ島海戦で機関長をしていた駆逐艦「島風」が撃沈され、海上漂流中に救助され九死に一生を得たことなど、「嵐」の名が示す男らしい風貌と魂のこもった体験談に心が揺さぶられた。私の大学卒業後、海上自衛隊研究所入りの決心は固まっていた。

海上自衛隊基地めぐりのしばらくした後、大きな出来事があった。ＰＬ教団で「ＰＬ大学団北海道研修会」が開催されることになった。北海道をバスで移動しながら、支笏湖、屈斜路湖とキャンプをおこなう中で、いろいろと研修しようという企画であった。ＰＬ大学団としては初めての企画であり、私自身も大学四年生なのでどうしても参加したいと思い、同郷の田原荘吉君と二人で金沢から参加した。貧乏大学生なので切り詰めるだけ切り詰めて、参加費を捻り出して汽車に乗った。

第一日目の夜、支笏湖でのキャンプファイアーを終えてテントに入った頃、思いがけない訪問者があった。ＰＬ大本庁から二代教祖様（当時のおしえおや様）の頭脳集団である教主秘書室の先生方であった。参加の大学団員の中でもＰＬ学生連盟の役員である学生を狙っての、ＰＬ教師志願とＰＬ教校入校の勧誘であった。奥田豊治先生、矢野維昭先生、三橋融先生方であった。

ＰＬ学生連盟の役員であった板垣（のちの稲村）欽五郎（東京）、大渕元一郎（熊本）、上島宣年（東京）、私田村政紀（金沢）らは、このとき既に世間への就職が決まっていた。

星空の下でキャンプファイアーの火を見つめながら「おしえおやの弟子となって、世界平和のために働くことの素晴らしさ」を懇々と説得された。

海上自衛隊研究所で働くことと、おしえおやの弟子となって働くことを比較して心は揺れた。両親は私が社会人となって収入を得ることを心待ちにしていた。ＰＬ教師の当時のお手当は微々たるもので、一生を全国各教会廻りで過ごす覚悟ができるか！　お金を抜きにしてあこがれのおしえおやの弟子入りとはなんと魅力的なことか！　支笏湖から屈斜路湖に移動しても説得は続いた。バスで巡る観光も目に入らず、研修会を終えて汽車で東京の田原荘吉くんの下宿に向かっている間も、大学卒業後どうするかをずっと考え込んでいた。

田原荘吉くんの東京の下宿で朝食をいただいて再び金沢への汽車に乗ったが、金沢に着くまで考え込んでいた。金沢に近づくにつれ、自分の一生は心から尊敬する方のもとで働こう。ＰＬ教師のお手当がどんなに少なくても一部を必ず仕送りしよう……との心が決まってきた。

金沢に着いて帰宅した私は、両親の前で自分のＰＬ教師志願の決心を述べた。父も母も複雑な顔をしていたが、両親にとってもＰＬの教祖様は尊敬する方であったので、結局私のＰＬ教師志願を許してくれた。

お世話になった上村二佐に、貸費生辞退と海上自衛隊研究所へ進むことの辞退を申し上げなければと思い、一九六二年（昭和三十七年）十月上京して、海上幕僚監部へ伺った。事前に上村様宛の手紙に「ＰＬ教師となって出家する覚悟」であるとお伝えしてあった。私の顔を見るなり「余程の決心をしてのことと思うので認めるよ。君の新しい門出のため、一献交わそう」とおっしゃって、ご馳走してくださった。

文句を言われても仕方ないと覚悟をしての上京であっただけに、私は深く感動しおしえおや様に報告の手紙を書いた。おしえおや様は毎日全国のＰＬ教師（弟子さん方）に、世の中のあらゆることについて「日訓」を出していらっしゃった。

一九六二年の（昭和三十七年）十一月七日の日訓に、私の手紙を取り上げてくださった。おしえおや様の日訓なので全文を掲載する。

日訓第五五五八信　　　昭和三十七年十一月七日

―前文省略―

きょうは防衛庁技術貸費学生の辞退願を認めていただこうと防衛庁へ出かけてまいった時の、祖遂断とご解説の体験を教主様にご報告申しあげたくペンを取らせていただきました。実は教師志願についてＰＬ教団の教師として働かせていただくことに決意し、地位も名誉も度外視して出家する所存ですので、貸費生として本当にご恩になりましたが、どうか貸費生辞退を認めていただきたくお願い申しあげます」という趣旨の手紙を防衛庁海上幕僚監部技術部管理課長様、人事課長様、管理班長様（直接の貸費生係）あて出させていただきました。そして新宗連リーダーセミナー参加のお許しをいただきましたので、一日早く上京し防衛庁へ行ってまいったしだいです。金沢をたつ時は河野マスター先生からありがたいご解説をいただき、さらに東京支部で須田地区長先生から「遂《し》断《きり》以外のなにものもない、本当に遂断って行くんだ」とのご解説をいただきました。今まで自分が自分で交渉しようという気持であったのが、ご解説をいただいて教主様の遂断をいただいて行くことがいちばん肝心であると本当に思わせていただきました。祖遂断をいただいたあと、自分の後ろには教主様がついていてくださるのだという、なんとなく楽しい気持で防衛庁へまいりました。防衛庁海幕管理課班長の上村嵐二佐は貸費生の直接の係官で、個人的にいつもお世話になり、金沢にも何度もおいでになって、私がPLの会員であることを知っていらっしゃるかたです。実に〝海の男〟という表現がぴったりするかたですが、随分かわいがっていただき、いつも上村さん、上村さんと親しみ尊敬申しあげていました。この上村二佐の所へまずまいったのですが、顔を見るなり「やあよく来たな、おれはなにも言わんよ。認めてやるよ。他の者だったら何か言いたいところだが、君とはいろいろつきあって君の人間というものもだいたいわかっているつもりだ。君が手紙でいって来たのを見たとたん、これはなんと言っても動かん、ようし、男らしく認めてやろうと思ったよ。君がそう決意したのもよほどのことだろう。奨学金ももしおれの金なら返さなくてもよいところだが、国の金なので返すのは返してくれ。あとはごちゃごちゃ問題になったりするような心配はいらん。ただし君がこうと決意した信念だけは一生貫くんだぞ。同じ日本人だ、防衛庁へはいろうと宗教家になろうと、皆世のためだ」と言ってくださいました。私は教主様に本当にお礼を申しあげました。まさかこんなに理解していただけるとは夢にも思いませんでした。このあと、上村二佐は同じ管理課の吉田係官と松田係官の所へ連れていってくださり、「辞退を認めることにしたから」と言ってくださいました。そして本当にもったいないことに、上村様と吉田様と松田様の三人が、「手紙ですむところをよく出てきてくれた。旧交を暖め、田村君の新しい人生に対しわれわれ三人で一杯おごろう、われわれのささやかな心だ」と言って一杯おごってくださいました。私はなんともいえない気持でした。公私共にお世話になり、大学二年の終わりから実験一本に打ち込めたのも奨学金のおかげでした。さんざん世話になって、いまさら辞退すると言えばなにかと言われてもしかたがないと思っていたのにあっさり認めてくださり、男の信念に生きるんだと激励され、おごっていただくなんて夢にも考えなかったことでした。まったく祖遂断のお徳のたまものです。教主様の遂断をいただくとき、常識では考えられないことになるんだとしみじみ思わせていただきました。上村様の「同じ日本人だ、世のために働こう、男の信念に生きるんだ」というおことばを、ご解説と思って聞かせていただきました。こういうかたがたが自衛隊にいらっしゃるかぎり、自衛隊は誤った方向に行くことはあるまいと思いました。教主様、本当にありがとうございました。至らない、世間知らずの私ですが、教師試験に合格のお許しをいただき、また防衛庁にこうしたりっぱな大きな腹のかたがたの知り合いを得ることができました。このうえは卒業までの半年は本当に教師見習のつもりで信仰献身させていただき、卒業後は教主様の弟子に加えていただいて、ご聖業のお手伝いをさせていただく所存です。

――後文省略――

一九六三年（昭和三十八年）四月にＰＬ大本庁（羽曳野）に帰った同期生は十五名で、私たちを待っていたのは「ＰＬ教校第一期生」としての生活であった。

ちなみに同期の十五名は、板垣（稲村）、大渕、上島《かみじま》、鈴木、吉田、久保、三戸、黒沢、水谷、松倉、池田、上野《かみの》、正田《しょうだ》、木村、私田村であった。

まさに人生の展開であった。ＰＬ教師志願を許してくれた父母は、私の医学部受験に驚き非常に喜んでくれた。医学博士となったとき学位証のコピーを送ったところ、額に入れて部屋に掲げていた。息子が二代教祖のお陰で医学博士になったことが、よほどうれしかったようであった。

ＰＬ教校生活、教会実習

ＰＬ教師となって、ＰＬ第二代教祖御木徳近先生の弟子になると決心して、一九六三年（昭和三十八年）四月にＰＬ大本庁へ帰る準備をしていたところ、ＰＬ大本庁に「ＰＬ教校」が開校され、私ども十五名がＰＬ教校一期生として入校することを教えられた。

ＰＬ教校と名付けられるからには、ＰＬの教会での布教師としての任務を、種々教えられるであろうと考えていたが、ＰＬ大本庁へ帰ってみて驚いた。

教校寮で十五名全員が起居を共にし、曜日ごとにスケジュールが組まれていた。

スケジュールの内容は、茶道、華道、日本舞踊、小唄、社交ダンス、英会話、短歌、話法、ゴルフ、自動車運転、洋食作法などがびっしりと組まれ、小唄は週一回大阪から師匠が来られた。私は金沢生まれであるものの、貧乏学生で習いごとと名の付くものには一切縁がなかったので、教校生活は毎日が驚きの連続であり、そして未知のものに触れる楽しさに、心躍る毎日であった。

二代教祖が「ＰＬ教校生を将来世の中でお座敷に出せる、教養ある人物に育てたい」とおっしゃっていることを知って、毎日が一層充実した。東海道新幹線が完成し二代教祖が試乗会に招待された機会に、教校生十五名を同伴してくださり、新大阪―京都間を試乗することができ感激した。教養課目の間に、ＰＬ布教師としての基本の講義があった。ときには、二代教祖を囲み明け方まで話してくださり、教祖の教話（ご親講）に感動した。教校生活は、世の娘さん方が「花嫁修業」をするのと同様の「花婿修業」ともいえるものであった。

二年間の教校生活の中で、一ヶ月ずつの教会実習があり、私は広島中央教会、東京荏原教会、神戸中央教会で実習した。教会実習で忘れられないのは、神戸中央教会実習であった。兵庫県内に二十近い教会があり、それぞれ有能な先輩の先生方が教会長を務めていらっしゃった。兵庫県内の各教会を統括するのが、兵庫ブロックマスターで、神戸中央教会長の青田強《つよし》先生であった。当時（一九六四年、昭和三十九年）のＰＬ教団内では、ＰＬ布教師教育に最も厳しい先生と言われ「鬼の青田」とも言われていた。恐いとの評判から教校生も神戸中央での実習を皆避けたがっていた。実習教会が発表になったとき、私が青田強先生のところで実習ということに、教校一期生の皆からオーッという声があがった。

神戸中央教会での実習教師に私ともう一人いた教校別科生（高卒）の渡辺恒雄先生であった。神戸中央教会には正式の教会詰めが一人もいなくて、青田先生から「田村君、君を広間主任に命ずる」と言われて驚いた。教校生で教師としては見習いの身であったのに、いきなり「広間主任を命ず」と言われた。

教会の一日の生活のリズムは、教会長の活き方で決まる。二代教祖様は教えの根幹を守れば、教会運営は各教会長の自由裁量に任せられていた。特に全国各教会では、朝五時半〜六時に毎日朝詣がおこなわれ、教会長がその日の心得を教話として話すことが、毎日の定例行事となっていた。

青田先生の神戸中央教会へ赴任して驚いたことは、青田先生は毎朝三時半に起床され、風呂場で水をかぶり、教会玄関を雑巾で綺麗に拭き清めて会員さんを迎える用意をし、四時半から早朝心境向上会、次いで朝五時半から通常の朝詣をされた。早朝心境向上会および朝詣には多数の会員さんが参加され、火を噴くような気合のこもった青田先生の教話があり、会員さん方に心のエネルギーを注入された。広間主任を命ぜられた私と、広間詰めの渡辺先生は、毎朝四時に起床して身繕いし、四時半前に渡辺先生と二人で青田先生に朝のご挨拶に行った。青田先生は裂帛《れっぱく》の気合を込めたお顔で、私と渡辺先生に「気合が入っていない」と毎朝叱られた。

ある朝いつものように四時半前の朝のご挨拶に行ったとき、青田先生から「気合が入っていない。役立たずは、そこの柱に頭をぶっつけて死んでしまえ」と叱られた。私は「柱に頭をぶっつけて死んだら、元も子もない。しっかりせよとのお叱りだ」と思ったが、並んでいた渡辺先生が「ハイ」と言って、マスター室の柱に頭をぶっつけた。青田先生はまさか教会詰めが本当に柱に頭をぶつけるとは、お考えになっていなかったので非常にびっくりされていた。渡辺先生の頭には大きなコブができたが、この日以降「気合が入っていない」「役立たず」とは叱っても「柱に頭をぶつけて死んじまえ」とは、おっしゃらなくなった。

しかし、毎朝恐い顔で叱られる神戸中央教会実習の毎日が怖くなってきた。もう一週間で実習が終わるのに、怖い怖いで実習が終わっては、実のある実習にならず終わってしまう。恐ろしくて委縮している自分の殻を破らなければ、実習に来た甲斐がない。ようし青田先生の心に飛び込もうと決心をした。

丁度、五月五日のこどもの日で朝詣に会員の子供さん達が沢山参加されていた。青田先生はにこにこ笑顔で子供さん方にチョコレートを渡していらっしゃった。この様子を見ていた私は腹を括った。私は教師見習の実習生だが教会長の子供のようなものだ。だから叱られてもいい、思い切って青田先生に「私にもチョコレートをください」と甘えてみようと決心した。朝詣が終わり会員さんと子供さん方が帰られたので、私は覚悟して青田先生の教会長室へ伺った。

「青田先生、先生は私の親で私は先生の子供といってもいいと思います。私にもチョコレートをください」と申し上げて頭を下げた。「バカもん。役立たずには何もやらん。グタグタ言わずに働け」との怒声が落ちてくるかもしれないと思って頭を下げたままいたが、お叱りの声がないので下げていた頭を上げると、青田先生がにっこり笑顔になっていらっしゃって「わかった。チョコレートを用意しよう」とおっしゃった。

この瞬間を境に「叱られまい」「恐いこわい」と構える気持ちがどこかへ吹っ飛んでしまった。間もなくマスター室へ呼ばれて、チョコレートをくださった。このときから残りの一週間の実習の毎日が楽しくて、ありがたくて仕方がないという毎日に変わった。この体験は私にとって生涯忘れることのできない貴重な体験となった。教校生活によって、あらゆる面で二代教祖に私の人生の基本を作っていただいたと、感謝で一杯である。

医学部受験とＰＬ教団立教の精神

金沢大学理学部を卒業し、理学部の私以外の同級生が一般企業に就職したが、私はＰＬ教団二代教祖の偉大さにあこがれ、二代教祖に弟子入りしたのが一九六三年（昭和三十八年）四月であった。

聖地と称し多数の会員が尊敬しあこがれる、三百万坪の大阪羽曳野のＰＬ大本庁に着いたとき、正式にＰＬ教師としてＰＬ教校に入校することがわかった。その年が教校の開設の年であったので、私たち全国の大学を卒業した十五名がＰＬ教校第一期生であった。

時には二代教祖邸に呼ばれ夜を徹した教義の勉強があったり、時には社会見学が企画実施された。東京オリンピックを控え、東海道新幹線が完成し正式に運用する前の試乗会がおこなわれた。ＰＬ二代教祖への招待があり、二代教祖のお伴をして教校一期生が新幹線の試乗会で、大阪－京都間に乗せてもらって感激した。

二代教祖の話の中にいつも出てくるのは「ＰＬ教師をすべて医者にしたい」「宗教と科学は一致すべきものである」ということであった。二代教祖はいつも「我こそはと思う者は、手を挙げて医者への道を目指してくれ」とおっしゃった。医学部入学試験は、化学・物理・生物の三つの中から、二つを選んで受験せねばならない。文科系卒業生の人にとっては、化学、物理、生物は難しいが、理学部の化学科を卒業した私にとっては、他のＰＬ教師より医学部受験がしやすいと感じられた。私は手を挙げて医学部受験を願い出ようと腹を決めた。二代教祖に願い出るには家内の了解を得ることと、私が教会長をしている荏原教会の会員方々の、了解を得ることが必要と考えられた。

家内は「あなたがやりたいならやってください。私はついていきます」と言ってくれた。教会の幹部さん方は「医学部を受験するとはすばらしいことです。先生頑張ってください。教会の教務は、私どもでやりますから、先生は受験勉強に頑張ってください」と激励いただいたのは、一九六六年（昭和四十一年）の大晦日であった。

年が明けて二代教祖が上京されたのは、一九六七年（昭和四十二年）一月九日であった。新年のご挨拶を兼ねて医学部受験のお許しをいただくべく、東京公館に私と家内が参上した。医学部受験の決意を申し上げたところ、その場でお許しをいただいた。

医学部受験には英語は何とかなるが、問題は化学・物理・生物の三科目から二科目を選んでの試験がある。医学部は六年制でそのうち二年間は教養課程である。当時東京にある医科大学で二年からの編入を認める大学が、日本大学医学部と順天堂大学であった。二代教祖が日本大学総長と交流があったので、日本大学医学部を受験することになったが、普通の医学部受験と二年編入の試験と両方を受験することになった。日大医学部の入学試験は、正月明けの一九六七年（昭和四十二年）二月十一日だった。

一月九日に二代教祖のお許しを得て、二月十一日の試験まで一ヶ月しかなかった。僅か一ヶ月で医学部入試の全科目を勉強することは不可能なので、私にとって一番難しい物理の教科書の虎の巻を、すぐ近くの旗の台の書店で買い求めて勉強した。家内と教会幹部の皆さんが応援してくださるのと、二代教祖が許可してくださったので、一ヶ月間の医学部受験勉強はこれまでに経験したことのない凝縮されたものであった。物理学の虎の巻を勉強していて、ちょっと疲れたかなと感じたら座ったまま目を瞑ってうとうとし、十分くらいで体が回復して勉強を続けた。いつが昼でいつが夜かが判然とせず夢中の勉強は続いた。一ヶ月の受験勉強中は、二代教祖の遂断《しきり》の中で特異な空間の中で生かされて勉強させていただいていているという感覚であった。人間は命がけで集中して何かをおこなうとき、こういう特殊な心理状態になり、特別の成果が得られることを感じた。こうして一ヶ月の受験勉強の末、医学部入学試験となった。私は普通の入学試験と二年編入の試験の両方を受けた。幸い両方の入学試験に合格して、日本大学医学部二年生に編入した。本当に貴重な受験体験であった。

こうして医学部に入学した私は医学部入学金や毎年の医学部授業料を、教団から出していただいていることに申し訳なく思い、荏原教会長のまま教会教師と医学部学生の両方をやりながらいくことにした。朝は朝詣を会員と一緒にし、祖遂断《おやしきり》を願う会員に祖遂断をし、朝食後日本大学医学部へ向かった。

日中、教会へお詣りに来られた会員の悩みについては家内が聞きとり、私が夕方医学部から帰って夕食後、会員の悩みについて電話で話をしたり、家庭訪問して解決するようにした。昼の教会長は家内であった。私の医学部受験に賛成してくれた家内（智子）の支援のお陰であった。もちろん家内との結婚も含めて「ＰＬ教師をすべて医者にしたい」との二代教祖の悲願に添いたいとの思いがすべてであった。

一九七二年（昭和四十七年）三月に医学部を卒業した。卒業時の成績は百名の医学部同級生の中で三番であった。二代教祖から「医師免許を取ったらなるべく早く医学博士を取りなさい」と言われていたので、医学部大学院に進んだ。教会の方は、医学部五年生になるとベッドサイドティーチングが始まり、病棟での主治医の診療にくっついて、見習いとしての実習が始まった。

ベッドサイドの実習になると、病気についての論文を調べたり、重症の患者さんに就くと夜を徹して治療の手伝いをするようになり、教会へ帰れない日もでてきた。二代教祖が秘書の方を通して、教会長と医学部学生の両立は可能かどうかのお尋ねがあり「医学部学生の後期生（五年生・六年生）になったので、病棟で実際の患者さんを看るようになって、帰りが遅くなることがあります。今の荏原教会は大きな教会ですので、できれば小さい教会で家内と一緒に会員さんの幸せを願って、教会長と医師の勉強をしたい」と思って、率直に二代教祖の秘書の方に申し上げた。

まもなく大森教会長に転任した。大森教会は会員が百名ぐらいのこぢんまりした教会であったし、年配者より青年の数が多いという特徴があった。大森教会では長男高紀が生まれた。私の医学部でのベッドサイドの医師研修がますます忙しくなり、これ以上は教会長と医師研修の両立は無理となり、渋谷教会（後の東京中央教会）の関東教区長付となった。関東教区長の須田正昭先生のご配慮で、教会宿舎に居室としての一室と小さいながらも勉強室を用意してくださった。

このころ、渋谷教会と並んで二代教祖が頻繁に上京されたときのお住まいのＰＬ東京公館があって、二代教祖夫人御木久枝先生（影身祖さまと尊称）が、常駐していらっしゃった。渋谷教会に移ってまもなく、二代教祖夫人・影身祖さまにご挨拶に伺って、教えの素晴らしさやおしえおやのいただき方、ひとのみち事件と戦時中のご苦労や戦後のＰＬとしての立教に至るさまざまのお話をいただいた。一九六九年（昭和四十四年）から一九七二年（昭和四十七年）までの三年間の間、影身祖さまに弟子としての心境を教えていただいた。医学部学生として世間の真っただ中にいる毎日の中で、二〜三日毎に影身祖さまから教えをいただくことを通して、心に深く教えの感激をいただくことができた。私の教師生活の中で影身祖さまから、教えていただいたこの三年間は至福のときであった。

いろんなお話をいただいた中で、印象深く心に残ったのは、ひとのみち事件で巣鴨拘置所に収監されていた二代教祖は、日本の敗戦でマッカーサーによって無罪放免となった。終戦までの間は、空襲の中を影身祖が巣鴨の拘置所へ面会に通われた。空襲警報の間、軒下で身を秘めることが何度もあったこと、下駄がすり減ってしまったこと、マッカーサーによって無罪放免となった二代教祖は収監中も「何度神にお尋ねしても無罪とおっしゃる、自分は無罪である」と言い続けてこられた。しかし急速に教勢が拡大していく〝ひとのみち教団〟を恐れた当時の軍部が無理やり有罪として、巣鴨に収監された教祖は、拘置所の食糧事情が極端に悪く、瘦せと貧血状態のため無罪放免後の入浴の際、教祖の体が風呂の湯に沈まず大変苦労されたこと、戦中の宗教弾圧の中で教祖の無罪を信じて、秘かに団結して命がけで教祖に殉ずる同志の〝結び体〟（教師の団結を誓った数十名）の様子のお話が心に沁みた。教師の結び体以外にも全国各地に二代教祖の無罪を信じ、二代教祖が再び教えを説かれることを、心待ちにしている信念のひとのみち教団の会員がいらっしゃった。二代教祖ご夫妻は結び体や全国各地の会員の教団再興の願いの中で、一九四六年（昭和二十一年）九月二十九日に、教祖夫人の実家である佐賀県鳥栖市の橋本家で、新しく〝ＰＬ教団〟を立教された。

影身祖さまのお話の中で、命を懸けた教えの再興と、軍部や官憲の圧政に挫《くじ》けず命がけで教えを再興された教祖夫妻と、二代教祖を支えた橋本家の皆様や全国各地の会員の命がけの信念信仰の誠に、心を揺すられた。金沢大学理学部化学科の卒業生の中で、たった一人私だけが一般企業に就職せず、二代教祖の弟子にしていただこうと決意して、宗教界に入った身にとって、教団の先輩教師や会員の命がけの信仰は心に沁みるものがあった。

ＰＬ教団を立教した二代教祖は、戦後に生まれた新しい各宗教団体が団結して、日本新宗教連盟（新宗連）を立ち上げ、新宗連の各宗教教祖の一致した推薦により、ＰＬの二代教祖が新宗連理事長に就任した。

ＰＬ教団自体の教勢発展によって、北米、南米、オーストラリア、ヨーロッパにＰＬ教会ができ、国内の東京と大阪に健康管理センターを創立し、そのセンター長は、ＰＬの布教師の資格を持ち且つ医師でもあるものが就任した。ＰＬ東京健康管理センター所長に私田村が就任し、ＰＬ大阪健康管理センター所長にはK先生が就任した。わが国では宗教が医療機関を持つ例はいくつかある。立正佼成会が佼成病院を、天理教が天理病院を、キリスト教が聖路加国際病院を持っている。

これらの病院は運営の基本が宗教団体であるが、そのトップの所長や院長は、そのバックの宗教の布教資格者ではない。その点ＰＬは大阪の大本庁に三〇〇床のＰＬ病院を持ち、東京と大阪に健康管理センターを持っていて、その院長・所長はＰＬの教会布教師の資格を持っている。この点が他の宗教団体が持つ病院との根本的な違いである。

日本の宗教界に大きな足跡を残した、ＰＬ二代教祖御木徳近先生ご夫妻は、御木徳近先生が一九八三年（昭和五十八年）二月二日に逝去され、夫人の影身祖久枝先生は、二〇一四年（平成二十六年）七月二十四日に逝去された。

医学部学生時代のアメリカ研修旅行

東大や日大の学生騒動がようやく沈静化してしばらく後の、一九七一年（昭和四十六年）六月に、日本大学医学部学生のアメリカ研修旅行がおこなわれることになった。医学部五年生と六年生を対象に、簡単な英会話テストをおこなって選抜された。

私は医学部五年生であったが、五年生からは千葉、海津、北村（義生）、北村（信三）と私の五名、六年生から三名が選抜された。引率は米国留学が長かった日大第二内科の八杉《やすぎ》助教授であった。

コースは、成田↓ロサンゼルス↓ラスベガス↓グランドキャニオン↓デンバー↓ソルトレークシティ↓リノ↓サンフランシスコ↓ハワイ・ホノルル↓成田であった。宿泊はモーテルで食事はコーヒースタンドでというように、極力出費を抑えた学生旅行であった。

ロサンゼルスからラスベガスに向かい、スロットマシンで気分だけ味わった。次にグランドキャニオンに向かった。今まで見たこともない大渓谷に圧倒され言葉がなかった。ラスベガスから大陸横断のグレーハウンドバスでデンバーに向かった。バスからのコロラド大平原の風景が初めは珍しかったが、朝から晩まで一日中同じ景色に飽きた。と同時に、アメリカという国が途方もなく大きい国と思った。デンバーでは、日大医学部から米国へ留学されて、ユタ大学医学部教授として、全米有数の耳鼻科医として活躍中でいらっしゃる山藤先輩のお世話になった後、再びグレーハウンドバスでソルトレークシティへ向かった。ソルトレークシティはモルモン教の本部のある街だが、名が示すように一日中走っても真白の塩の大地が、延々と果てしなく続いた。ソルトレーク湖で泳ぎ、確かに塩分濃度が濃く体が浮くことを実感した。大平原といい、塩の大地といい、一日中走っても同じ景色に驚き、こんな途方もない国と日本が戦争したことは、とんでもないことであったと思った。ソルトレークからネヴァダのリノへ向かった。バスの窓から見えるのは、西部劇で幌馬車が走るシーンに出てくるテーブルマウンテンが、一日中続いた。リノのモーテルで一泊し、サンフランシスコに向かった。

ＰＬサンフランシスコ教会長の崎山先生ご夫妻は、旧知の間柄だったので、自由行動時間にＰＬメンバーの北村義生君、北村信三君と一緒に、ＰＬサンフランシスコ教会を訪問した。

崎山先生ご夫妻の案内で、金門橋、フィッシャーマンズワーフを訪れた。さらに、すぐ近郊のオークランドに、世界で最初の自動化健診が開設されているので、訪問した。印象では医師がほとんど介入せず、検査が自動的に行われているようであった。

のちにこの自動化健診が日本に導入され、医師が深く関与する形で改良され進化して、一九七〇年（昭和四十五年）にＰＬ東京健康管理センターと東芝総合健診センターが、日本で最初の自動化健診としてスタートした。この世界最初のオークランドの自動化健診訪問時には、のちに私が一九七八年

（昭和五十三年）にＰＬ東京健康管理センター所長に就任するとは、知る由もなかった。

経費節約のアメリカ旅行であったが、ショックと言えるほどの、強烈なインパクトの多い旅行であった。旅の最後はハワイのホノルルであった。ホノルルでの宿泊は、ホノルル仏教協会の宿泊施設であったが、がらんとした部屋に鉄枠のベッドだけがあり、シャワーもトイレも室外で共同のものであった。ＰＬ教祖からＰＬホノルル教会長に「日大医学部学生の研修旅行一行がホノルルに着いたら、カハラのＰＬ公館で、一行に腹いっぱい牛ステーキを馳走してあげなさい」とのご指示があったとのこと。

カハラは、ホノルルの超高級住宅街と知られ、かっては白人以外の者がカハラに住まいを持てない時代があった。ＰＬ二代教祖が白人以外で初めて住まいを得たと聞いた。広い芝生の中にプールがあり、プールのすぐ外はプライベート浜辺という素敵な住まいであった。ＰＬ公館管理役の林氏が、我々一行に何とも言えない旨さのステーキを、腹いっぱい馳走してくださった。

こうして日大医学部学生アメリカ研修旅行は終わったが、このときの経験と印象が、世の中を見る目と心を開いてくださったとともに、ＰＬ二代教祖の深い愛情の中での研修旅行であったことが身に染みた。

医学部学生として学びながら教会長を兼務

ＰＬ教師になってから医学部受験をしたので、荏原教会長をしながら医学部に通うという生活が始まった。荏原教会は東京でも熱心な会員さんが沢山いらっしゃって、荏原教会から大森教会と大田教会が、発展的に生まれていた。昼間、私は医学部に学生として通って留守なので、教会会員の問題や相談は家内が聞き取って、夕方私が医学部から帰ると、問題解決のため家庭訪問したり電話をしたりして、ＰＬ教会長としての任務を果たしていた。

一九六八年（昭和四十三年）荏原教会長から次に大森教会長として転任した。長男高紀は大森教会で誕生した。大森教会は荏原教会から分かれてできた教会で、こぢんまりした教会であった。熱心な青年がいるという印象があった。青年会員を増やしたいと思って様子を見ているとそれぞれ勤め先の仕事を終えて、教会に集まってくる独身の青年たちである。

そこで私は、家内と相談し教団からいただく給与の中から、私の実家への仕送り、散髪・パーマ代、ミルク代など、どうしても必要な費用を除いた残りのお金で、当時インスタントラーメンを大きく扱っている大宮の会員さんにお願いして、インスタントラーメンを箱で取り寄せ、台所に山と積みあげ「青年部の人は誰でも自由に食べてよろしい。但し、卵などを加えるのは自前です」と記しておいた。青年会員が毎日勤務が終わったら教会へ来て、インスタントラーメンを台所で調理し夕食とし、夜の教会青年部活動に動き、次第に青年部会員が増えていった。夜のインスタントラーメンだけでなく、日曜日の教会朝詣を盛り上げようということになり、会員代表（奉仕員会長）の川上嘉一さんが経営する寿司店で、イカの頭や足を鍋に入れて取っておいていただき、婦人会が持ち回りで朝食を用意することになった。朝のご飯とみそ汁に、イカの頭と足を煮付けた一品を加えた朝食を用意して、日曜日の朝教会へ参拝した全員で食べることにした。日曜日の参拝者は朝食を教会で食べることができることで、少しずつ会員が増えていった。

大阪羽曳野のＰＬ大本庁でおこなわれる全国青年錬成で、大森教会の青年は皆で青年錬成に行こうと張りきった。当時東京都内には十数か所の教会があった。各教会から数名ずつの青年錬成参加があった中で、大森教会青年部は三十名の錬成参加がありダントツであった。大森教会の生活も、朝詣、会員さんと一緒に朝食を摂り、日大医学部へ学生として登校、私が医学部から帰るまでの間は、家内が教会を守り教会会員の相談や悩みや問題については、家内が聞き取り、私が医学部から帰宅後、報告を受け、夕食後は会員宅訪問をおこなった。小さい教会とはいえ、医学部の学費を教団から出していただいているので、学生としてだけ暢気にやっていられない。教会長としての仕事もやり通して、両立させないと教祖様に申し訳ないとの思いであった。

ただ、医学部の学生として進級し、五年生となるとポリクリと言って実際に大学病院の病棟で、実際の医療を学ぶことが始まった。入院患者さんについて、主治医の先輩医師の指導の下、診察や診断病名と鑑別すべき疾患と治療を考えるという、医師としての実践訓練に入った。夜遅くまで文献を調べたり、治療に取り組んで帰宅が夜中になったり、泊まり込みになる日もあるようになり、おしえおや様にお願いして教会長を外していただいて「関東教区長付き」になった。東京中央教会の青年部担当と北方面担当が、ＰＬ教区長付きとなった私の任務であった。

医学部の学業の方は毎年難しい進級試験があったが、無事進級し卒業試験を迎えた。卒業後四月に医師国家試験があり、医師国家試験の合格率が全国に公表され、出身医学部の全国ランク付けがおこなわれるため、卒業試験は医師国家試験に通ずるよう難しくなっていた。不眠不休に近い状態で卒業試験を迎えた。

一九六八年（昭和四十三年）当時、ＰＬ東京中央教会の教師住宅を壊した跡に、ＰＬ東京健康管理センターの建設が始まり、一九七〇年（昭和四十五年）にドック健診のテストランがおこなわれていた。東京中央教会の長屋に住んでいた十世帯のＰＬ教師は、目黒区青葉台の民間アパートに一時移り、私は毎日このアパートから、教会と医学部へ通った。

アパートは六畳一間にキッチンとトイレが付いていたが風呂はなしであった。卒業試験時はこの小さいアパート住まいのときであった。六畳一間のアパートなので、困ったのは当時四歳になっていた長男高紀が、テレビの子供番組を熱心に見たがることであった。子供にテレビを見るなというわけにいかなかった。アパートで一人静かになれるのは「トイレ」であった。トイレにこもって卒業試験の勉強をしたことは、強烈な思い出である。

こうして勉強した卒業時の成績は三番であった。成績五番までは医学部長賞を授与された。卒業試験の体験を通して、私は「不可能なことはない。何とか工夫すれば道はある」と心の底から思った。

妻　智子と

妻智子《ともこ》との縁

私は一九六六年（昭和四十一年）二月一日に妻智子（旧姓原智子）と結婚した。

前年の一九六五年の夏に荏原教会長として着任していた私に、渋谷教会長で首都ブロック統理でいらっしゃった岡本寛次郎先生から電話があった。「至急、渋谷教会へ来てください」とのご指示があり急ぎ駆けつけた。岡本先生が、「今日は縁結びの神様役だ。東京公館におしえおやさんがいらっしゃっていて、君に用があると呼んでおられる。東京公館へ行ってください」とおっしゃり、何事だろうと思いながら東京公館へご挨拶に伺った。東京公館の台所のテーブルに二代教祖さまがお座りになって、横に白日祖様《しらひおや》がいらっしゃった。側におしえおや様付きのＤＳ（ディバインシスターと呼ばれ、会員の未婚の娘さんが教団本部や教会の事務等の聖職をする制度のお嬢さん）の原智子さんが立っていた。

二代教祖が私の顔を見るなり、「今日はＤＳの原さんを解放するから、二人でデートして来なさい」とおっしゃり、白日祖様が「はい、デート代です」とおっしゃって五千円くださった。五十年前の五千円は今の二万円ぐらいであろうか。私は松山教会長から東京の荏原教会長に着任して間もなく、当時教師の休み（修養日）は月一回だったので、渋谷教会へ会議に行くことはあっても、「お茶をする」という機会も時間もなかった。荏原教会へ教会詰め実習で来ていた古角君は、SC生で渋谷にSC寮があったので、渋谷のことは詳しいだろうと思い、古角《こすみ》君に「渋谷でお茶のできる店で良いところを知らない？」と尋ねたところ「ニシムラという喫茶店があります」ということで、ニシムラでお茶をした。その後教校一期の同期の三戸君が、恵比寿駅側の教団用地の建物に教主秘書員として起居していたので、三戸君を訪ねたところ、六本木のバーのようなところへ案内してくれたのを覚えている。

その後東京公館へ戻り二人で二代教祖にありがとうございましたと、お礼を申し上げたところ「これで婚約成立だ」と喜んでおっしゃってくださった。「デートをして来なさい」とおっしゃった時に「お見合いだな」と感じていたが、ろくに渋谷の街も知らない私とのデートに原さんは楽しかったかどうかは不明だったが、私は教祖のご指名ということだけで満足で喜んでお受けした。白日祖様からデート代五千円をいただいたが、三千円を使って残りを白日祖様にお返ししたところ、白日祖様は「全部使えばよかったのに」と言わんばかりに笑っておられた。この初デートの日から六ヶ月間の婚約期間であったが、月に一～二回教祖が上京されるとき、教祖付きのDSの彼女も上京し、教祖が半日だけ彼女を解放してくださって、会うというお付き合いが続いた。

私たちの婚約が第一号となって、教校同期の一期生および二期生の婚約が次々と決まり、ついに三十二組の婚約が決まった。そして嗣祖《つぎおや》様（御木徳日止先生）の結婚記念日二月一日に因んで一九六六年（昭和四十一年）二月一日に三十二組の合同結婚式が大本庁でおこなわれた。花婿は黒の教服、花嫁は黒の教服にレースのベールであった。五十年前のＰＬ教団には新婚旅行という雰囲気は全くなかった。三十二組の新婚さんの第一号になった私に、花婿さんたちから猛烈な突き上げがあって「田村先生代表で、おしえおや様に新婚旅行に行かせてくださいとお願いしてください」と、頼まれてしまった。恐る恐る二代教祖にお願いしたところ、二代様が「何を言ってるか、さっさと赴任地へ戻りなさい」と一喝されてしまい、皆慌てて赴任地へ戻った次第であった。

二代様から智子と見合いを指示されたわけだが、二代様のご指示に従って結婚すると心に決めていたので無条件にＯＫだった。彼女のお母さまが教祖夫人の影身祖さまの妹さんであると婚約後に知った。教団内では誰もがご両親の原さんご夫婦は、真面目で正直一筋の方であるとの評判であった。

原のご両親は評判通り全く実直そのものの方で、教祖夫人の影身祖さまの身内なのに、そのことの素振りも見せず、本当に立派なご両親であった。

智子と結婚したときは東京の荏原教会長であった。荏原教会長の前は四国松山教会長であった。松山は初代教祖および二代教祖ゆかりの地で、教団では重要な教会であった。松山教会長を拝命したとき、二代教祖から「これまで松山教会長に独身教師を指名したことがない。田村君はモルモットのようかもしれんが、しっかりやりなさい」と声をかけていただいた。

一九六五年（昭和四十年）松山教会長のとき、二代教祖が中心となって立正佼成会《りっしょうこうせいかい》や妙智会《みょうちかい》教団など新しい宗教教団をまとめて、新宗教連盟（新宗連）を立ち上げ、新宗連事務局長の楠正俊《くすのきまさとし》氏を参議院選に出馬していただくこととなった。当然新宗連理事長の二代教祖が主宰するＰＬ教団は、全教会挙げて選挙を応援する体制となった。私は松山教会幹部の方々や、今治教会や新居浜教会の教会長や幹部会員の方々と相談して、初代教祖のご命日の七月六日に二代教祖を松山へお迎えし、愛媛ブロック会員大会をおこない、当日参議院選に立候補している楠正俊先生にも松山へ来ていただいて、ブロック会員大会の中で二代教祖と楠先生に握手してもらおうという計画を立てた。

　七月六日の初代教祖のご命日にちなんで「七《ナナ》・六《ロク》運動」と名付けた。「七・六運動」に二代教祖のＯＫがあった。松山へ教祖が巡教してくださる際、松山の御木家奥津城に大本庁初代教祖奥津城の神籬《ひもろぎ》の分け木を植えていただきたいとの願いも聞き入れてくださった。教会は教祖ご巡教をお迎えする準備万端の用意しつつ、教会挙げて選挙違反をしないように注意しながらも、熱心な選挙運動を展開していた。七月六日に二代教祖が連絡船で高松に着かれて、陸路車で松山へ向かってくださることになった。私は松山市郊外までお迎えに行こうと考えた。今から反省すると、私は二代教祖をお迎えできることに、すっかり喜びで舞い上がってしまっていた。当時松山教会には自動車はなく、会員でも乗用車を持っている人は数えるぐらいであった。幹部会員のＫさんが、中古の乗用車ヒルマンに乗っていらっしゃった。Ｋさんに「おしえおや様が高松から車で松山へお着きになるので、松山の郊外へお出迎えに行きたい。車を貸してください」とお願いした。Ｋさんは喜んで貸してくださった。

この時点でも自分自身が舞い上がっていることに気付かず、中古のヒルマンでお迎えに出た。

やがて金色に輝くキャデラックの二代教祖がお見えになった。最敬礼しながら「先導します」と黄金のキャデラックに向かって申し上げて走り出した。

平らなところではスピードは出たが、少し坂道になると中古のヒルマンはがっくりスピードが落ちてしまった。もたついているとキャデラックの窓が開き中から「先に行くよ」との声がかかった。あっという間にキャデラックの姿が見えなくなってしまった。これは大変なことになったと思った。教会玄関で会員さんと一緒に、教祖ご一行をお迎えすべき教会長が「こんなところで遅れて大変だ」とさらに頭に血が登ってしまった。何とか教会に着かなければと、古いヒルマンのアクセルを踏み込んで焦っていると、サイレンが鳴って白バイに止められてしまった。スピード違反による減点と講習受講を命じられて、やっとの思いで教会へ辿り着いた。冷や汗をかきながら、すでに教会に到着していらっしゃる二代教祖に挨拶に部屋へ伺うと、私の顔を見るなり、笑いながら「白バイに捕まっただろう、罰金は巡教費の中から払ってあげるよ」とおっしゃった。テストケースとして独身で初めての松山教会長となっている私の頭に、血が登った状態をすべてお見通しの二代教祖でいらっしゃった。

現在のように携帯電話の無かったときなので、教会に電話連絡もできない状態で、教会長が出迎えから戻るより先に、教祖ご一行が教会へ来所され、ビックリした会員さんが玄関に用意して丸めてあった赤絨毯を慌てて広げてるのに合わせて、教祖が笑いながら「教会長はちょっと遅れています」とおっしゃったと後から聞かされた。喜び度を過ごして舞い上がった自分を反省することしきりであった。

参議院選挙に立候補中の楠正俊先生を迎え会員大会の中で、教祖と楠先生が握手するという演出も無事終わり、松山滞在二日目には、初代教祖が住職をしていた安城寺《あんじょうじ》の境内にある御木家奥津城に、「神籬《ひもろぎ》の分け木」を植樹してくださり、教祖の思い出深い松山城や安楽寺《あんらくじ》など、縁の深い場所を訪問され、私もお伴させていただいた。私と教会詰めの佐々木茂雄先生と二人で教祖にご挨拶に伺ったとき「田村君には、もう結婚を決めた人がいるんだ。今後もし縁談の話があったら、私にはもう婚約した人がいるのでと言ったらいいよ」と、おっしゃった。具体的に何も知らない私は部屋を辞した後佐々木先生に「教祖様は私に決まった人がいるとおっしゃったが、どういうことかな?」と、話し合ってその場は終わった。翌日松山市郊外の高浜港から広島へ向かう連絡船の教祖ご一行をテープを投げてお見送りした。

教祖ご夫妻の側にお付きの若いＤＳが立っていた。教祖が「田村君と結婚を決めている人がいる」とおっしゃった相手の原智子さんであることは、松山港でお見送りしたとき全く知る由もなかった。今から思えば、独身の松山教会長として任命した私を、やる気と喜びで舞い上がっているのを、何もかもお見通しでお導きくださったと心の底から思った。

その後東京荏原教会長に任命された。荏原教会長として着任して間もなく、渋谷教会奥の東京公館へ呼び出されて、「今日は智ちゃんを一日解放するから、二人でデートして来なさい」とおっしゃっていただいてデートし、一九六六年（昭和四十一年）二月一日に結婚した。妻智子は、純粋な真正直なご両親の間に生まれ、真面目で素直な女性である。小さいときから二代教祖の養女の御木美紗子さんの遊び相手として育ったので、完全な「ＰＬっ子」であった。気立てが良く面倒見の良い働き者であった。一昨年二月に結婚五十年周年を迎えたが、常々感じるのは、私たちは「お金に困った」と思ったことが無いことだ。ＰＬ教師としての給与は、大した額ではないし、手元に金があるわけでもないが、お金に困ったと言うことが無いのは本当にありがたいことだ。私は貧乏な家で育ったが、物金に困らないのは妻智子と結婚したお陰と思う。家内は惜しみなくちょっとした縁でも物を差し上げることが、自然に身についているし働き者である。教祖付きのＤＳとして働いていたので、テキパキと働くことが身についている。

私がＰＬ東京健管の所長を命ぜられた、一九七八年（昭和五十三年）二月に上京された教祖に、夫婦でご挨拶に参上したとき教祖は「君たちが夫婦仲良く、一生懸命努力し働きなさい。きっと健管は良くなるよ」とおっしゃっていただいた。私と命がけで働いてくれた職員と、教祖の絶対な「みたまごめ」のお陰で、東京健管所長に就任以来、三十六年間一度も赤字にならず、黒字を続けてこられた。教団事業体の中で、唯一の優良企業と皆様に言っていただいてきた。加えて家内の「物金に恵まれる」天性のお陰とも思っている。

毎年恒例の新入社員歓迎食事会を所長宅で開いてきたが、三十名の新入職員の歓迎食事を家内は一人でご馳走を用意してくれた。今でも昔の職員に会うと歓迎食事会の話が出る。ＰＬ短大が無くなったときから、ＰＬ会員の入社が減り、一般の短大からの入社が増えてきたため、新入社員歓迎会はセンターの行事としてセンター食堂でおこない、新入社員が五～六人のグループに分かれて、出し物をおこなうことが評判になり今日に至っている。社宅の教職舎で餅つきや花見会、忘年会、ひな祭り会など、季節ごとに社員へご馳走してみんなで楽しんだ思い出は尽きない。家内は住まいの町内会の方々や隣家の方とも仲良くして、ＰＬに好感をもらっていた。また、国際学会での大会長夫人としての接待も良くやってくれて、旦那としては大いに助かった。善き人と縁を結んでくださった二代教祖のお陰と心より感謝申し上げる。

祐《ゆう》祖《そ》に就任する

私は金沢大学理学部化学科を卒業後、ＰＬ二代教祖に弟子入りして、ＰＬ教校一期生としてＰＬ教師をスタートした。ＰＬ教師として修業中、二代教祖の「宗教と科学は一致すべきものなり」との熱き思いに感動し、改めて医学部受験を願い出て許され、医師の修業もスタートした。他から見ればＰＬ教師と医師の二重生活に見えるであろうが、私自身は二代教祖の教えを実践するということで何の矛盾もなかった。

ＰＬの二代教祖御木徳近先生は、父の初代教祖と共に宗教家としての修業により、人の心の乱れを心癖として見抜き、感じ取る特殊な能力を備えていらっしゃった。弟子の我々は、ＰＬ教師としての修業の中で、すべての教師が教えの実践に努力し、心境を磨き、ＰＬ会員のみおしえ願いに対し「みおしえ」*をすることを教祖から許される「祐祖」の心境に達することが、大きな目標である。

物金や家族愛に執着する心を脱し、教えの道を求め続け、教祖の説かれる人の生くる道を感得実践することは永遠の課題であり、終わりなき修業の日々であった。一つの到達点は、教祖からみおしえ能力を認められ「祐祖」を許されることであった。

日中は大学病院の病棟で医師として働き、朝と夜は教会詰めとしての仕事に努力している中で、一九七七年（昭和五十二年）四月初め大学病院で病棟医として勤務しているとき、大本庁から至急大本庁へ来るよう電話があった。医局長に了解を得て帰本したところ、十数人の教師が呼ばれていて、錬成会館の海外からの会員用の洋室の個室に、一人ずつ入るよう指示された。

しばらくするとＰＬ会員からのみおしえ願いが配られ、一枚ずつのみおしえ願いについてみおしえをするよう指示があった。作法通りみおしえの内容を言葉に記した。みおしえとして、できているかどうかは自分では分からないが、二代教祖にあずけたこの身は、「二代教祖のお心のままに」という気持であった。

一時間ぐらいして私を含めて八人の教師が「祐祖を許される」との発表があり、四月八日の二代教祖の誕生日というめでたい日に、八名の祐祖就任奉告祭が大本庁ご正殿でおこなわれ、全教師と全教会代表会員が集う教祖誕生祭祝宴の中で、新しい八人の祐祖の披露がおこなわれた。

ようやく教祖の本当の弟子になるスタートに着いたという感動で、身の引き締まる思いがした。

新祐祖に就任したのは、赤木稔先生、上松アイ先生、北村明義先生、崎山真喜先生、土井悟先生、藤山光三郎先生、森本豊先生、と私の八人であった。この日からみおしえをすることが始まり、二代教祖が病に臥せられて祐祖返上となる日まで、みおしえをさせていただいた。私にとっては、ＰＬ教師修業道の中で一つの大きな出来事であった。

＊みおしえ　ＰＬ神事の一つ

クリニック診察室にて（平成十五年）

三章

日大稲取病院出張中、伊豆近海大地震に遭う

日大医学部が東伊豆の稲取に、日本大学稲取病院を新しく開院したので、医学博士号を取得したお礼奉公として、学位を受けた大学院卒の医師が、六ヶ月ずつ稲取病院へ出張するよう有賀槐三《ありがかいぞう》教授（日大第三内科主任教授、日大医学部長）から指示があった。医局員にとって教授の指示は絶対であり、まして有賀教授は医学部長でもあった。

六ヶ月ずつの出張なので順番を話し合い、私は一九七七年（昭和五十二年）八月一日から一九七八年（昭和五十三年）一月三十一日までの六ヶ月間の稲取出張が決まった。ＰＬ大本庁の了解も得た。

火曜日に東京でＰＬ健康管理センターのドック健診を手伝い、水曜日の朝三時に起床し車を運転して、小田原まで東名高速を走り、小田原から海岸沿いに真鶴、熱海、伊東、稲取と走り、朝七時前に稲取の日大稲取病院に到着した。

水曜日から土曜日は稲取で、日曜日と月曜日火曜日は東京でという生活を六ヶ月間送った。稲取の手前が伊東だが、伊東へ着くころ丁度朝陽が昇るころである。東伊豆の海が朝陽に輝くのが見事で、いつも伊東の海沿い道路で朝陽を拝んだ。稲取出張中もみおしえ願いがあるので、東京でみおしえ願

いを受け取り、稲取病院での勤務時間が終わった後「みおしえ」をした。当時日大稲取病院は、開院した直後だったので入院患者は多くなかったが、重症の患者もいた。つい先日の一九七八年（昭和五十三年）一月九日・十日に、ＰＬ大本庁で教団幹部会が開催され、私も幹部会に出席していた。例年の一月の幹部会では、二代教祖がお出ましになると、幹部の代表が教祖に年頭のご挨拶を申し上げ、次いで教祖から年頭にあたってのご親講がおこなわれるという流れになっていた。

この一九七八年（昭和五十三年）一月九日の幹部会は、いつもと違っていた。

二代教祖が登壇されて、演壇上のテーブルに出席幹部の氏名が座っている席順に記された書類が、置かれていた。登壇された教祖は一言も発せられず、座席順の氏名一覧表をご覧になられ、端から順に名前と顔をご覧になり、しばらく見つめた後、うんと頷いて次の人に移るということを始められた。数十分の間誰も声を発せず「教祖様が一人一人のみおしえをされているな」と分かり、会場にピーンと緊張感が走った。私は一番後列に座っていたが私の番となった。私の名前と顔を見られて「ウン」と頷かれた。最後の人に対するみおしえを終えた二代教祖は「うん、今年は全員無事で行けるな」とおっしゃった。私は感動した。「ありがたいな、今年は無事で行けるんだ」と。さらに教祖は第一感を粗末にしないこと、ふと授かったことは大事にすることの大切さを話された。本当にありがたいことだなと思うとともに、心が温かくなった。

一月九日・十日の幹部会を終えて、稲取に戻った私は医師としての勤務を続けた。

私の稲取病院出張があと二週間で終わる一月十四日の土曜日は成人式の前日である。Kさんが成人式を迎える医事課のNさんを乗せて、伊東へ行くというので、伊東まで一緒に行こうと約束して、私もKさんも自分の車を病院正面玄関脇に駐車しておいていた。時間と約束の実行にうるさい私の性格であったが、いざ稲取を出発しようとするとき、ふと理由もなく「Kさんと一緒に帰るのは止めよう」と思った。「先に出発してください。気を付けて」と言って、Nさんを乗せたKさんの車を見送った。玄関脇の事務室でNHKテレビの「桂三枝の昼のプレゼント」を見ていた。

Kさんの車を見送ってから二〜三分経ったとき（午後〇時二十四分）、ゴーッという地鳴りと共に大きな揺れに襲われ、イスに腰かけていた私は、ドーンと吹っ飛ばされた。鉄筋コンクリートの部屋が菱形に歪んだように見えた。バタバタと物が落ちてきた。テレビも飛んで落ちた。

私は地震の衝撃で吹っ飛ばされたが、そのとき頭にひらめいたのは、四日前、大阪富田林のPL本部で、二代教祖が幹部会出席者一人一人に、みおしえしてくださって「今年は全員無事で行ける」と見通してくださったことを思い出した。途端に心が落ちついた。二階から上に入院している患者の救急搬送だと思って、余震で揺れる中、事務所を出た。

看護師二人が、廊下で腰を抜かしてへたり込んでいた。私は夢中で「入院患者の搬送だ。立て！」と怒鳴ったところ、腰を抜かして座り込んでいたナース二人が、シャキッと立った。丁度病院の一部が工事中だったので、ヘルメットがたくさん置いてあった。私も職員もヘルメットを着用して、二階から上の入院患者の誘導搬出にあたった。

この日は土曜日で、院長と事務長は東京へ出張していて、在院医師は外科のY先生と内科の私と、私の内科後輩のK先生、整形外科のT先生であった。入院患者で歩ける人は、病院裏の駐車場へ徒歩で誘導したが、問題は重症患者の搬送であった。

脳梗塞の男性患者、重度の貧血で輸血中の女性、重症肺炎の女性などは自分で歩けないので、搬送が必要であった。重症患者を取りあえず病院裏の駐車場に、病室のマットを敷いて寝てもらった。

次の搬送は、全身不随のN社長だと思って、病室へ向かおうとしたところ中年のおばちゃん看護師さんが、全身不随のN社長を背負って余震でグラグラ揺れる中、二階からせん階段を降りてきていた。「先生、手伝ってください」というので見たら、両手とも動かないはずのN社長が、階段の手摺りにしがみついているため、おばちゃんナースが動けなくなっていると分かった。人間は死に直面すると不思議な力を出すことに驚いた。病院裏の駐車場に収容した患者に、ショック死した人のいないことを確認した。

一月十四日なので冬の寒気が厳しいため、駐車場の一角に建つ木造の看護師宿舎へ、患者を収容した。不思議なことに木造建築の看護師寮は、損害は無かった。病院本体は鉄筋コンクリート構造の八階建てのL字型の建物であった。地震で大きく揺れて、L字型のつなぎ目の部分が三階から八階まで裂ける亀裂が入り、隙間ができてしまった。余震が続いているので、病院ビルの裂け目が拡大するのが心配であった。おまけに、一階隣接のボイラー室に大きなボイラーがあったが、地震で大きく揺すられ固定のボルトが破損して、巨大ボイラーが固定箇所より10㎝ぐらいずれていた。そのうえ、このボイラー室の上に立つ鉄筋コンクリートの煙突が、真ん中あたりで折れ曲がり、上半分がゆらりゆらり揺れて、今にも落下しそうになっていた。もし、煙突の上半分が落下したら、病院の建物にさらに大きな被害が出るのが心配であった。

患者さん方を木造の看護師寮へ収容した後、男子職員数名とヘルメットを被って病院内へ入って、病棟においてあった点滴と注射薬のアンプルの回収に向かった。停電で薄暗い病室に入るには、懐中電灯が必要だったが、咽喉を見るための診察用小型懐中電灯しかなかった。病棟のナースステーションに入ると、そこら中に点滴ビンや、注射アンプルが散らばって割れていた。損傷していない点滴と注射アンプルを探して拾い集めたが、この間も余震が続いていた。

手術室に入って驚いた。この日は土曜日だったので、手術がなかったのが幸いした。手術台が大きく動いて器具が散乱していた。もし手術中だったら、と思うとゾ～ッとした。

地震のため、水・ガス・電気が、すべて中断していて冬で寒いうえに、日が暮れるのも早いので、駐車場の周りの木の塀をぶち壊して薪とし、壊れたブロック塀のブロックを組んで竈《かまど》として、焚火をした。病院職員及び入院患者の夕食の用意が必要であった。とにかく食堂に備蓄されていた米と塩と鍋で、ご飯を炊いた。病名に応じた治療食は不可能なので、病名に関係なく生きるために握飯だけを、用意することにした。停電でテレビが見られないため、有効な情報手段は、私が持っていた携帯ラジオだけであった。

食事の握飯の用意をしたところでホッと一息ついたとき私の携帯ラジオが稲取地方の大地震のニュースを流していた。ラジオから「伊豆稲取地方の地震で、日大稲取病院の職員が落石によって死亡した」とのニュースが流れた。エエッと、驚くとともに「KさんとNさんの車が落石にやられたのでは」と思い、地元稲取出身の職員に、稲取警察へ行って確認してもらった。その結果やはりKさんとNさんの二人が乗った車が、落石でつぶされて二人が圧死したと分かった。小田原から先の道は海岸沿いの道路で、天気の良い日は気持ちの良いドライブが楽しめる。しかし、道路沿いは山で岩が落ちて来ないよう、ずっと落石防止ネットが張られている。KさんとNさんは稲取を出て間もなくの落石による死亡であった。

五日前の一月九日に、二代教祖から「今年は（ここに出席の）全員無事でいける」とみおしえしてくださった上に「第一感を粗末にせず、尊んで暮らす」ことの大切さを教えてくださったばかりだった。約束したことを必ず守ることに厳しい自分の性格からいえば、当然Kさんと一緒に帰るはずであった。「一緒に帰るのは止めよう」と思わされ、同行するのを止めたことは、まさに神の配慮であり、それを私に伝えてくださったのは、まさに二代教祖のお陰である。二代教祖に救っていただいたと思うと、背筋が寒くなり感動で身が震え、涙が流れた。思わずはるか大阪の方向に向かい「おしえおや様、お救いいただきありがとうございます」としみじみお礼申し上げた。

大地震から命が助かった私は、残りの二週間の稲取病院勤務を全うし、この命を無事に東京へ持って帰らないといけないと思い、二週間の間、夜寝るときもヘルメットを着用して寝た。野戦病院さながらの生活をしながら、どうやって東京へ帰ろうかと考えた。海岸道路の落石はゴロゴロ道路を埋めているし、伊豆急の電車も道路に並行して海岸沿いを走っているため、落石と崖崩れで運行不能であった。唯一自衛隊の車と警察の車だけは、山越えの道を通しているとの情報があったので、私は稲取警察署へ行って「私の患者が伊東にいるが、病状が悪化したので往診してもらいたいとの患者からの要請があった。伊東へ山越えで往診するので、救急車のステッカーをいただきたい」と申し込むと、即救急ステッカーを出してくださった。

一九七八年（昭和五十三年）一月三十一日、ヘルメットを被って救急ステッカーを貼った車を運転し、落石が散在する山道を恐る恐る運転して、伊東へ着いた。「人の命の将来は、神の手にある」ことを痛感した。私の誕生日は一九四〇年（昭和十五年）九月三十日であるが、命を救われた一九七八年（昭和五十三年）一月十四日を第二誕生日としようと腹を決めた。

何とか無事に東京へ戻った私は、上京中の二代教祖に命を救っていただいたお礼と、稲取病院出張を終えたことを報告申し上げた。このとき、二代教祖から「東京健管所長をやってもらう」との口頭辞令をいただき、二月四日正式に発令された。

稲取の大地震の中で見た職員や入院患者の様々な行動

人は、すわ一大事というときに普段と全く違う行き方をすることを思い知らされた。

一九七八年（昭和五十三年）一月十四日の伊豆近海大地震の日（土曜日）日大稲取病院に在院していた医師は、外科のY先生、内科の私の後輩のK先生、整形外科のT先生と私であった。院長と事務長は東京の日大医学部の会議のため上京していて留守であった。

地震に見舞われ入院患者の搬送となったとき、整形外科のT先生は柔道で鍛えた大きな体で力が強そうな先生だったが、「稲取がこんなに揺れたのだから、わが家（横浜）も大きく揺れたに違いない。家内や子供は無事かな」とつぶやきながらオロオロするばかりで、入院患者の搬送どころではなかった。

日大稲取病院のナースは若手が多かったが、中には年配のナースもいた。婦長は中間の年齢の方でやり手であったので、年配ナースさんの仕事がのろいと私たち医師にも、度々愚痴っていた。

ドーンと地震に見舞われて患者搬送となったとき、婦長の姿が見当たらなかった。病院裏の駐車場へ患者を運び、次いで看護師寮に収容し終わったころに婦長が現れた。「婦長さんどこにいたんですか？」と声をかけると「病院の近くにある長太郎団地の自宅の押し入れに入って、震えてました」との返事で、責任ある婦長としての行動の無責任さに呆れてしまった。一方、普段は婦長から「仕事がのろくて役に立たない」と言われていたおばちゃんナースは、いざ患者搬送となったとき、大きな力を発揮してくださった。いざ一大事となると普段と全く違う行動をとることを見せられた。

伊豆稲取は東伊豆の温泉の街であり、有名な稲取の金目鯛が揚がる漁港でもある。温泉に泊まり金目鯛を楽しむお客が多い。日大稲取病院に某ホテルの社長さんが脳梗塞で両上下肢マヒで入院していた。毎日ホテルの従業員が世話のため来院していた。大地震のとき、婦長から散々のろいとか役立たずと言われていた〝おばちゃんナースさん〟が、二階の病室から社長を背中に負んぶして、二階と一階を繋ぐらせん階段を下りようとしていた。

「先生、手伝ってくださいよ。動けないんです」と叫ぶので、らせん階段を駆け昇って行ってみると、脳梗塞で両手が全く動かないはずの社長が背負われながら、らせん階段の手摺をしっかり摑まえていた。

高齢のご婦人が入院していたが当日不在の私の先輩医師の患者であった。午前の外来が早めに終わったので、病棟の回診のとき聴診で両胸にラッセル音が聴取された。肺炎治療中であった。娘さんが二人いて交代でお母さんの看護に来ていた。普段は長女の方には素っ気なかったが、次女の方には笑顔でお話していた。地震の前、長女の方がお母さんにお昼ご飯を食べさせようとスプーンで口元へ持っていって食べさせようとすると、お母さんは口を開けずに長女の世話を嫌がっているようであった。いざ大地震が直撃したとき、駐車場へ搬送しショック死していないことを確認した。娘さんに対する接し方が地震の前後では全く違っていた。地震後は素直に長女の食事の世話を受けていた。胸の聴診をしてみると、地震前にはバリバリと聞こえていたラッセル音が、地震後には少なくなっていた。大地震に直撃されて、お母さんは死を覚悟したか、心境の変化があったに違いないと思った。いざ一大事というとき、人は思いも依らぬ反応を示すものであることを教えられた。

二代教祖によるＰＬ東京健康管理センターの創立

一九七〇年（昭和四十五年）に世の人々の健康管理に役立つようにとの、二代教祖の宗教家としての強い願いを叶えるべく、ＰＬ東京健康管理センターが創立された。同年東芝も総合健診センターを開設したので、日本で最初の健診センターはＰＬと東芝で創立されたと称される。東芝とＰＬの総合健診センターは、健診のやり方はそれぞれ独自の工夫でおこなわれていた。ＰＬの大きな特色は、健診のスタートから終わりまでを５〜６人の受診者に一人の案内嬢が付きっきりでお世話するエスコート制をとったことである。

また、検査データの正確性と安定性を確保するべく検査部長に、元大阪成人病センターにいらっしゃった菅沼源二先生が就任されたことも大きな意味があった。さらにシステムの構築と研究開発にＰＬ大本庁のコンピュータ部部長であった八坂敏夫先生が就任したことも重要であった。八坂先生は東大数学科を卒業された俊才で、健診データの分析から将来の疾患発症の可能性や各種がんの罹患の早期発見法の研究に中心的役割を果たされた。

ＰＬ東京健康管理センターの初代所長に須田正昭先生が就任された。須田先生はＰＬ教団の首都ブロックのマスターでもあり、東京の人々に健康管理の大切さを知ってもらうことは、東京を救うことに繋がるとの信念で、ブロックマスターと東京健管所長としての働きをマッチさせるべく、大変な努力をされた。何もないところに東京健管が生まれたということは、二代教祖御木徳近先生によって生まれたものであり、二代教祖のお心を実現しようとした須田正昭先生がいらっしゃってこそ実現したものである。

　須田所長の下にはＰＬ医学部の錚々《そうそう》たるメンバーがセンター長として就任された。初代センター長には松岡茂先生（元長崎大学医学部教授）、二代目松岡研《みがく》先生、三代目河部康男先生、四代目赤木稔先生。いずれも立派な大先生方であったが、東京健管の受診者が少なく、ずっと赤字に悩んでいらっしゃった。まもなく所長が須田先生から片井《かたい》好正《こうせい》先生に交代された。片井先生も医学とは無縁の方であったので、毎月の東京健管の収支の赤字は続いていた。

　また、たまたま医学部授業が休みの日に、二代教祖様が東京健管の玄関の方から健管全体をご覧になり、「赤字続きで教団の負担になっている。折角作ったんだが、この際健管を潰してしまおうかと考えている」と遠巻きの秘書の方々におっしゃった。たまたま、このとき大学工学部で設計を勉強して健管のビル設計に関係した五十嵐茂孝先生がいて、「おしえおや様、このビルを壊すだけでも一億円以上かかりますよ」と申し出た。二代様は、「一億円以上もかかるのか」と、おっしゃった。（四十年前の一億円は今の二～三億に相当すると思われる）

私は二代教祖が世の中の人々にお役に立とうとお作りになった東京健管であるが、創立の尊い構想もあまりに赤字が続くと教団への負担という現実に直面して、健管を潰すという選択肢もお考えになるのかと思った。（この時健管を潰す前に、私田村に所長就任の辞令が下りるとは知る由もなかった）大学病院で教授や助教授、講師を務めた大先輩の先生方がセンター長となられても、一向に受診者が増えず赤字が続いていた。私は医学博士の学位を取得し、学位のお礼奉公として伊豆稲取の日大病院へ、六ヶ月間出張することになった。たまたまその前年の一九七六年（昭和五十一年）の九月であったと思うが、ＰＬ医学部全教師に大本庁集合の指示が出た。大本庁に帰ってみると、教主邸に集合せよとのことで、全医学部教師が教主邸に集まった。お出ましになった二代教祖が開口一番「教団教師でありながら、外の医療機関に勤務している者が多くて内輪の病院のＰＬ病院や健康管理センターが医師不足で困っている。現在外の医療機関で働いている者は、原則ＰＬの医療機関に帰ってくること。どうしても事情のある者は後で申し出よ」とおっしゃった。

私は次の年（一九七七年、昭和五十二年）八月から翌年一九七八年（昭和五十三年）一月までの六ヶ月間の伊豆稲取日大病院へ出張が決まっていたので挙手をして二代教祖に質問した。「おしえおや様、私は医学博士を取得しましたのでそのお礼奉公に、新しく開院した日大稲取病院へ来年八月から六ヶ月間出張するよう有賀教授から指示を受けています。もし、おしえおや様がお礼奉公をしなくてよいとおっしゃれば、お礼奉公を止めます。但しお礼奉公を止めると日大医学部の第三内科医局への出入りができなくなります。おしえおや様のおっしゃる通りにいたしますので、ご指示ください」と、申し上げるとおしえおや様は「潔い覚悟でよろしい。お礼奉公を終えてから帰ってきなさい」と、ご指示があった。

その後、嗣祖御木徳日止先生から「田村君はお礼奉公後、ＰＬ病院内科医長を命ず」との辞令を出してくださった。東京の医学部教師では、それぞれに事情があったようで結局東京で、二代教祖の指示に従って内輪の医療法人に帰ったのは私一人であった

PL東京健康管理センター所長就任とセンター運営

一九七八年（昭和五十三年）一月三十一日に、二代教祖に伊豆近海大地震で命を救っていただいたお礼を申し上げたとき、PL東京健康管理センター所長を命ずるとの口頭辞令をいただいて、四日後の二月四日に正式の辞令をいただいた。従来、東京健管の所長とセンター長が別々であったが、今後は所長一本にするとの指示であった。

東京健管の創立以来赤字が続いていて、所長就任当時累積赤字が四億七千六百万円と分かった。組織としては、一番上に医師ではないPL布教師で首都ブロックマスターが、健康管理センター所長兼任として一切の決裁の権限を持っていた。所長の下に医師が健康管理センター長として、医療機関の責任者となっていた。

初代の所長は須田正昭氏、二代目所長は片井好正氏、初代センター長は松岡茂先生（元長崎大学医学部教授）、二代目センター長は松岡研先生（元山口大学医学部講師）、三代目は河部康男先生（元九州大学医学部講師）、四代目は、赤木稔先生（元九州大学医学部講師）、というように、錚々たる先生方がポストについていた。

健康管理センター創立の一九七〇年（昭和四十五年）から私が所長に任命される一九七八年（昭和五十三年）までの七年間の間、偉い先生方が所長とセンター長に就いていらっしゃったが、新規の受診者をお迎えして心からの親切を尽くし、健康管理センター受診のリピーターになっていただこうという姿勢が残念ながらなかった。と言うよりその当時の医学界で必要性を感ずる経験に恵まれていらっしゃらなかったと思われた。

受診者が増えず、七年間の累積赤字が四億七千六百万円となっていた。毎月の赤字を補填するための送金が大本庁でも問題となり、二代教祖はＰＬ東京健康管理センターの閉鎖も考えられた。こういった状況の中で、私に所長を命ずとの発令があった。私は大学病院の病棟医として修行中の身で健康管理センターの代々の先生方の息子さんぐらいの若い医師であり、どうしたらこの赤字状態をひっくり返せるかの道筋は不明であった。ただ二代教祖の意を体して命がけで働こうという決意だけは腹に決めていた。

所長拝命から三日間は部署長による会議で、どうしたら赤字状態をひっくり返せるかについて話し合ったが、せいぜい「センター内の清掃は自分たちでやろう」とか「トイレのペーパータオルはもったいないので、エアータオルにしよう」という案ぐらいしか出てこなかった。「ＰＬ診療所へ近隣の住民の方に来てもらえるよう、診療所の案内を新聞に挟んだらどうか」という意見もあったので、朝日・読売・日経の三誌に広告を挟んでもらった。新聞広告の効果はゼロで広告を見て来所する人は一人もいなかった。

所長就任から三〜四日は、お客を連れてくる営業担当の人達の動きを見ていると、営業マンとして出かける様子が全くなかった。五名いた営業マンが朝から競馬の新聞やスポーツ日刊紙を読み、ときには五階屋上でキャッチボールをやっていた。そこで営業マンと一人ずつ面談して「君の動きを三日間見ていたが営業マンなのに全く動きがない。給料分も働いていない。今後心を入れ替えて少なくとも給料分は働きますという決意書を出すか、さもなくば退職願いを出すかどちらかにせよ」と言い渡した。心を入れ替えて働くという人が一人くらい居ると思ったが、翌日五名全員が退職願いを出してきた。正社員の営業マンが全員退職してしまったが、僅かに契約社員の師岡《もろおか》氏が時々人間ドック健診のメンバー希望者を案内してきていた。師岡氏を呼んで「私は健管に骨を埋める覚悟だが、営業課の五人の社員に給料分も働いていないから、心を入れ替えて働くか、さもなくば辞めなさいと言い渡したところ、五名全員が退職してしまった。お客を連れてくる営業マンが全部いなくなったので、あなたが正社員になって営業を担当して欲しい」と率直に話した。師岡氏は「二〜三日考えさせてください」との申し出があった。無理もないと思った。赤字で今にも沈没しそうな泥舟に乗るかどうか迷ったに違いなかった。二日後「正社員になります。よろしくお願いいたします」との返事があった。これで営業のトップは決まったが、営業はコツコツと訪問を繰り返し、やっと受診してもらえるという根気と熱意のいる仕事である。

困って大本庁の教主秘書室長で事業体の総括者である上原慶子先生に電話し、「所長を拝命して五日間赤字脱却について、いろいろ話し合いましたが名案がありません。お客様を受診者として案内し、来ていただく担当の営業マンに給料分も働いていない。心を入れ替えてせめて給料分を働きなさいと指導したところ、五名全員が退職してしまいました。困りました。」と申し出たところ、直ぐに二代教祖に話してくださり「青年教師の生きの良いのを二〜三人送ってあげると、おしえおやさんはおっしゃっている。主任以上の者で、揃って本庁へ来なさいともおっしゃっている」とお伝えくださった。

それから、二月九日（所長拝命後六日目）に主任以上揃って大本庁へ帰った。早速二代教祖の教主邸へお伺いすると、連絡するまで教主邸玄関前のプレハブの会議室で待つようにとの指示をいただいた。教主邸へ入るよう連絡があるまでの間、今年の計画を皆で話し合った。これが第一回年間計画検討会となり、私が退職するまでの三十六年間、毎年年間計画検討会をおこない、前年度の結果報告と今年度の計画発表を全社員でおこなった。

しばらくして教主邸から入りなさいとの連絡があり、教主邸に入ってすぐ左の応接コーナーへ案内された。当日の東京健管の主任以上の出席者は、三浦泱輔《おうすけ》、高橋行子《ゆきこ》、田中輝正《てるまさ》、大川日日人《ひびと》、日室研志《けんし》、中田志朗、汐碇優、杉本敬三郎、私田村政紀の計九名であった。（その後、武田一臣《かずおみ》、師岡《もろおか》将彦、首高《すだか》けい子、阿南耕三が加わった）他に上原慶子先生、丸本寿紀《まるもととしのり》先生、新堀昌治《まさはる》先生が同席した。

二代教祖がお出ましになられて、一同の顔をご覧になられて、右端から順に姓名を名乗りなさいとおっしゃった。一人ずつ顔をご覧になって大川君の順のとき「大川日日人です」と大川君が名乗ったとき、二代様が少し驚かれて「すごい名前だが、私が付けた名前か？」とおっしゃった。大川君が「はい。おしえおや様につけていただきました」と申し上げると、深く頷かれたのが強い印象としていつも思い出す。

一通り名乗り終えると二代教祖は「田村君はまだ若いが、まじめに一生懸命に努力する人だから、皆田村君に結んで働いてください」とおっしゃって、さらに「一つ大事なことを諸君に教えておく。ＰＬのいろんな部署でおしえおやると称しておしえおや様お願いします。おしえおや様お願いしますとお願いの祈りに懸命になって、努力しない面が多々ある。努力しないでおしえおや様お願いしますと祈ってばかりいるのは、間違いである。他人の二倍も三倍も努力して、その努力の上でおしえおや様お願いしますと願うのが、本当のおしえおやる道である。諸君は東京健管で田村君を中心に二倍も三倍も努力した上で、おしえおや様お願いしますと申し出てきなさい」とおっしゃった。

「祈ってばかりいて努力しないのは間違いである」「人の何倍も努力した上で、おしえおや様よろしくお願いしますというのが本当のおしえおやに依るということだ」このお言葉がグサッと胸に入った。

健管幹部社員の九名の心にも深く届いた。二代様は九名の一人一人に神霊籠めして下さったと思った。二代教祖から教えられた仕事に対する重要な心得を体いっぱいに入れて、「ようし、帰ったら努力に努力を重ねて新しい健管を作ろう」と大本庁の初代教祖奥津城に参拝し決意を遂断って東京に帰った。

二代教祖との面談のこの日、即ち一九七八年（昭和五十三年）二月九日が東京健管の再出発の日となった。私は、所長拝命から一週間の間、健康管理センターの医療機関としての基本姿勢はどうあったらよいのか考え続けた、努力するということを二代教祖から直接心に叩き込んでいただいた。

努力をするときに医療人としてどういう気持ちで努力したらよいのかを求め続けた。そしてたどり着いた結論は、「医療は口コミである。受診してくださった方に、医師を含めて職員全体が心から親切に応待し、ＰＬの健康管理センターに来てよかった。親戚や友人にも勧めたい。と思っていただける診療や検査をしよう。口から口へ伝えていただける職員の接遇にしよう。フロアーを綺麗にし、医療機器も常に最新の機器を導入し、その上で医師も他のスタッフも受診者に満足していただくことを常に心がけて、喜ばれる接遇にしよう。医療は口コミである」との結論に達した。

私の前のセンター長は、大学の偉い先生方であったが、受診者に喜んでもらって、それが口コミで伝わって、新しい受診者が増えるということがなかったために、創立以来の累積赤字が四億七千六百万円となってしまったと考えられた。偉い先生方に比べると、私はこれら大先輩方の息子さんの年齢である。若いことを生かして、親切丁寧に笑顔で診療をおこなっていこうと決心した。

東京にいたＰＬ医学部教師は、私以外皆理由をつけて大学病院や外部医療機関にとどまったり海外留学していた。健管の常勤医者は私しかいないので、ドック健診の診察はパートタイムの先生方にお願いし、午前中の外来診療をしながら健診フロアーに行って、胸部ＸＩＰ写真や胃ＸＩＰ写真の読影をおこないドック面接をし、健診終了後はＸＩＰ写真のダブルチェックをするという激務で不足を思う暇もなかった。所長就任から数年は動きっぱなしの中で、特に思い出として強く印象に残ることが、いくつかある。

（一）胃レントゲンダブルチェック

一日の働きを終えた後で、今日の受診者の胃レントゲン写真の見直し（ダブルチェック）があった。その日のドック健診や外来で撮影した胃のレントゲンフィルムは、その日のうちにもう一度見直しなくてはならない。いわゆるダブルチェックである。

朝から動きっぱなしなので、夕方にはどっと疲れが出てくる。その中で胃のレントゲン写真を見直さなければならない。一人分の写真フィルムは十枚前後である。世の中にはスライドシャーカステンという便利なものがあることは聞いていた。足でペダルを踏むとフィルムが自動的に並んで出てくる優れものである。

しかし、大赤字の中でスタートした東京健管にとっては、買うわけにはいかない。放射線科の技師さんたちが、シャーカステンに手で写真フィルムを並べてくれるのを、見落としがないか目を凝らしてじっと見ていくと、目が痛くなって涙がポロポロ出てくる。そのうちに首筋と肩が凝ってくる。

放射線科の助手さんが冷たいおしぼりを用意してくれ、目を冷やした。しばらくして目の痛みが治まると再びダブルチェックをおこなった。ときには疲れが出て眠ることもあった。十分くらいの居眠りの間、技師さんたちは待ってくれていた。

夕方はこのダブルチェックの繰り返しであったが、よく体が続いたと思う。

（二）肺がんの見落とし例を引き継ぐ

所長就任したとき、引き継いだのは大赤字だけではなかった。

当センターのドック健診を受診した高齢の某婦人が健診では胸の写真で両肺に古い結核の治った跡があるという結果であったが、ドック健診後間もなく体調を崩して近医に診てもらったところ、肺がんと診断されて、間もなく亡くなってしまわれた。

家族からどういうことかと強い抗議があり、私の前任のセンター長は家族にどう説明するか悩んでいらっしゃった。この一件も引き継いだ。

この一件の経験は貴重だった。やるべきことはやったという信念を持つことと、受診者および家族から非難されることが無いよう、特にがんの発見に全力を尽くすことを肝に銘じたし、少々の問題では動じないし矢でも鉄砲でも来い……という腹が座った。就任早々のこの一件で腹が座ったという体験は、この後三十六年間の所長生活に大きな力となった。

全国の健診施設では、肺のらせんCTを導入しているところはまだ無かったが、PL健管ではいち早くCTを導入し、さらにMRも導入した。単独の健診センターでCTとMRを導入しているのは、PL東京健管だけであった。また、エコーが重要視されていないときから、エコー専門医を招聘し健診へエコー検査を導入して、乳がんや胆のうがん、膵臓がんの早期発見体制を作り上げることにつながった。さらに、医師の診断にはベストを尽くすが、見逃しが出ないとも限らない。したがってレントゲンやエコー写真やCT写真の二重チェックが必要である。そのために各分野の専門医による二重チェック体制をしいた。非常に人件費がかかるが、健診への受診者の信頼に応えるためには不可欠であった。

(三) 日曜健診への大阪の医学部教師の応援

東京健管の経営改善の努力の一環として、月一〜二回日曜健診をおこなうことを幹部社員一同で話し合った。問題は医師の手配である。平日の健診でさえ、常勤医の確保が難しく、パート医でやっと繋いでいるのに、日曜日に働いてくれる医師の確保は難しかった。日曜健診の医師確保ができず悩んでいることを、教団の事業体全体の光丘の責任者である、大本庁教主秘書室長の上原慶子先生に電話で相談した。その結果、大本庁およびその近隣在住のPL医学部教師が交代で、東京健管の日曜健診に上京してくださることになった。土曜日の夕方上京して、健管の社宅として使わせていただいている神泉教職舎の一室に宿泊していただいて、日曜健診で健診医として働いてくださることになった。前日の夕食と当日の朝食、羽田空港への出迎え見送りは、健管の職員や職員の奥さん方が担当した。

ご協力いただいた医師は、進藤先生（外科）中尾先生（外科）、橋本先生（内科）、松倉先生（整形外科）、下和田先生（精神科）、川村先生（泌尿器科）、加藤先生（小児科）、杉野先生（内科）、中川（俊正）先生（内科）であった。この先生方には、東京健管の一番苦しいときにお力添えいただいた。心からお礼申し上げたい。

（四）社会保険支払基金から呼び出し受ける

所長を引き継いだとき、もう一つ問題があった。

一応外来が設置されていたが、受診者は一日二〇名ぐらいであった。（外来クリニックの件で支払基金から注意と呼び出しがあった詳細は別記する）

（五）各大学医局長にお会いしてパート医派遣をお願いする

所長に就任早々、問題は山積みしていたが、大きな問題の一つは健診医師の確保であった。常勤医師は私一人で、一人で何役も働いたが、医師という仕事は受診者と一対一の仕事である。一人でやれる仕事に限度がある。いろんな手づるでパート医をお願いし、日曜健診には大阪のＰＬ医学部医師の応援をお願いしたりして、何とかかんとかやっているが、パート医の中には性格に問題があり、健診の面接で受診者を怒らせて「それでもあんた医者か」と受診者から怒鳴られる医師がいたりした。全うな医師の確保が急務であった。

三浦事務長と協力して、夕方から都内の各大学病院の医局を訪問し、医局長にお会いして医局の先生方の派遣をお願いした。当方がドック健診の医師が欲しいとお願いしても、「健診ですか！」と言って協力していただけなかった。

一九七八年（昭和五十三年）当時は、医師は病む患者を診るのが仕事で、健康な人を診察する健診は医師の仕事ではないというのが、当時の医学会の認識であった。こういう世の中で全く新しい感覚で健康管理センターを創立され、ＰＬ二代教祖の社会のために尽くそうとされる先進的慧眼に改めて敬服したが、その理想を実現すべき現場の私どもには、それ相応の覚悟と辛抱強い努力が必要であった。医局長に会って良い返事がいただけないまま、帰る薄暗い医局の道はやけに暗かった印象を今でも思い出す。

二〇〇〇年（平成十二年）頃から、健康な時からドック健診の大切さが重要視され、健康な人を診るドック健診の必要性が医学界で見直されたことには、隔世の感があり三浦事務長との各大学医学部の医局巡りは、今は懐かしく思い出となっている。

ついでに記すが、ようやく医師が見つかっても保健所長あがりの先生や、次々と勤務先が短期間で変わっている先生などは、ドック健診受診者と上手く人間関係を作れない先生が多かった。やむなく辞めていただくしかなかったが、中には「どうして辞めなくちゃいけないのか」と反発する先生がいた。私も場数を踏んで学んだので、退職に反発する先生には「先生、文句を言わずに大人しく辞めてくださるなら、先生が次の医療機関に就職されるとき、先方から先生の勤務状態やお人柄など、問題なかったかという問い合わせが来るでしょう、その時は良くやってくださったと、答えましょう。もし先生がごねるなら先方の問い合わせに、問題ありと答えますよ、どうぞ文句言わずにお辞めください。」と言うようにした。何人もの先生に辞めていただいたが、皆さん黙って辞めてくださった。

長年の苦労と経験の末に得たものであった。

（六）フロアーマネージャーの師岡氏とエスコート

社員の協力のもと懸命に働いて、健診も外来も次第に増えてきて、収支が完全に黒字を続けることができた。当センターの仕事がうまくいくかどうかには、三つの要素がある。

一つは、受診者に健康なうちからドック健診を受けることが大切であることを理解してもらい、当センターを受診してもらうことである。その仕事をするのが、お客様募集係の業務（営業）である。

二つ目は、営業係がお連れした受診者（お客様）が、ドック健診を受けて満足し、来年もまたＰＬ健管でドック健診を受けようと思っていただけるかどうかである。そのためには、ドック健診のお世話をする医師を含めたすべての職員が、親切に心行き届かせて、お客様（受診者）に満足してもらえることである。ドック健診は外来の保険診療と違って、自由診療である。したがってドック健診の料金は各施設によって自由に決められる。それだけに受診して満足していただけるかどうかで、リピーターになってくださるかどうかが決まる。

三つ目が、次回の健診までの間に、今回の健診で指摘された注意点を実行してくださっているか、あるいは一定期間を置いて、再検査や精密検査を受けてくださっているか、注意点が無い方にもお変わりないかの確認をする。こういった今回のドック健診から次回のドック健診まで、受診者お一人お一人について把握して、心行き届かせることが大切である。

私が所長に就任した時まで、ドック健診のフロアーマネージャーは営業以外の人がやっていた。折角ドック健診へお連れしたのに、行き届かない点があり受診者に満足してもらえなかったとの、営業からの反省が続いていたので、思い切って営業部のリーダーの師岡將彦氏にフロアーマネージャーを兼任するよう発令した。

実際に受診者をお迎えし健診にずっと付き添いお帰りになる時まで、お世話する役としてエスコートと称する若い女子職員を配していた。エスコート全体の動きを見ていて、不行き届きの無いよう目配りするのがフロアーマネージャーの役である。営業係がお連れした受診者が満足くださるように、営業係がフロアーマネージャーをするのが、一番良いと判断した。営業兼フロアーマネージャーとなった師岡氏は、よく働いてくれた。営業係としてお連れした受診者が満足してくださるよう案内役のエスコート達を指導し、時には厳しく注意していた。

ここで師岡について記しておく。私が所長に就任したとき、五人いた営業担当員は、営業活動を全くせずに、朝から競馬の新聞や漫画の本を読んで、給料分の働きもしていなかった。彼ら一人ずつ呼んで「君たちはお客様を募集する営業係なのに給料分も働いていない。今後心を入れ替えて給料分ぐらいは働くと誓って契約書を提出するか、さもなくば退職するか、どっちかに決めよ。三日間の内に返事せよ」と厳命した。五名の営業担当が全員退職願いを書いてきた。お客様を発掘してドック健診へお連れする係が全員退職してしまい、わずかに正社員ではなく契約社員として師岡だけが受診者を発掘してお連れしていた。

当センターの今後の発展を期するためのポイントはいくつかあるが、何と言っても客商売であるので、お客様を発掘してドック健診に来てもらう営業がしっかりしていることが第一である。正社員の営業が一人もいなくなったので、契約社員である師岡に正社員となってもらい、営業の柱になって若い営業係を募集して育ててもらおうと決心した。師岡を呼んで私の決心を伝え、「正社員となって欲しい。私は当センターに骨を埋める覚悟をしている。君もその気になってやってくれませんか」と、頼んだ。所長が変わってすぐで、この先この健康管理センターが、発展するか、または泥船で沈没するのか先が不透明であったので、師岡は正社員になって営業を担当することに躊躇して、二〜三日考えさせて欲しいと答えた。もっともな意見であったが、新任所長の私田村を信じて正社員になってくれるかどうか、東京健管の将来を決める鍵だと思って返事を待った。二日後に師岡が来て「正社員になります。よろしくお願いします」との返事であった。東京健管の将来の発展を決める重要な山を一つ越えた。師岡は癇癪持ちで部下に対して手厳しいところがあったが、実によく働いた。一般の方への営業だけでなく健康保険組合との健診契約にもこぎつけて、受診者も次第に増えてきた。二〇一三年（平成二十五年）に定年退職するまでの間の前半の師岡の功績は大であった。このことは東京健管のすべての職員が認めるところである。

（七）私たち夫婦が仲人した職員の人達

私は所長に就任してから二十組の夫婦の仲人をさせてもらった。

①西平―山田　②師岡―西山　③阿南―竹中　④中田―田中　⑤小島―武内　⑥鈴木―熊野
⑦大野―前原　⑧川上―小河　⑨河野―村上　⑩平木―滋野　⑪橋本―石川　⑫江崎―大浦
⑬中村―高田　⑭飯嶋―高橋　⑮川合―水谷　⑯高井―宮本　⑰樫原―小林　⑱福島―寺川
⑲細沢―鈴木　⑳西山―川辺

（八）職員の結束の中で特に記すべき功績のあった職員

所長拝命（一九七八年二月四日）して六日目の二月九日に、二代教祖から東京健管の主任以上の幹部社員皆で、大本庁教主邸へ来るようにご指示があった。

私を含めて主任以上の幹部職員は九名であった。この九名が、東京健管が泥船となって沈まぬよう、私田村に命がけで協力と努力をしてくれた。

もちろんＰＬの二代教祖あっての命がけである。

九名の名前をもう一度挙げておく。
・三浦泱輔　・高橋行子　・田中輝正　・大川日日人　・汐碇優　・杉本敬三郎　・日室研志
・中田志朗　それに私田村政紀の九名であった。
この初回大本庁帰本後に、師岡將彦、阿南耕三、武田一臣、首高けい子が幹部社員に加わる。この十三名が命がけで東京健管の再建にあたった。

もっともこの内、首高けい子さんは結婚して退職、日室君は薬剤師の資格があり、結婚して郷里広島へ帰って薬局を開業した。武田一臣君はレントゲン技師であったが、他の医療機関へ移った。途中退職した三名を除く十名が命がけで働いてくれた同志であった。

中でも事務長兼経理部長であった三浦泱輔君と看護婦長兼フォローアップ部長であった高橋行子さんの功績は特筆に値する。

三浦君は、私が所長に就任したときは、経理課長であったが東京健管創立以来の職員であった。私は三浦君の正直で腹の据わった薩摩男子らしさに全幅の信頼を置き、経理部長と同時に事務長に指名した。事務長は月々のお金の動きを見ること、常勤医の契約更新の時の話し合い、職員の働き具合、給与やボーナスの原案など重要な任務がある。私が就任する前の八年間は、毎月赤字であったため月末になると三浦君が本庁へ電話して、お金を貸していただいて送金してくださいとお願いするのが辛くて、月末は特に胃が痛んで辛かったとのこと。それが私の所長就任以降は黒字に転化して、本庁に送金をお願いしなくてよくなったので、胃の痛みがすっかり無くなったと言っていたのが印象的であった。頑固者の師岡と渡り合うことがあったが、三浦君の腹は据わっていた。大本庁でただ一人の税理士の吉川森右衛門先生とも、よい関係を築いてくれていたことも大きな意味があった。

高橋行子さんは、私が所長になる前に既に東京健管で働いていた。当時看護部主任はKさんであったが、ご主人が左派の活動家ということで何か問題があったようで、Kさんは退職した。私より二歳年長ですべてに心配りができる人と見込んで、高橋さんを婦長に指名した。実によくこなれた人で、ドクター方の愚痴を聞いたり、職員の悩みを聞いたり、受診者への声掛けや、精検依頼のために依頼先の病院の先生方への連絡など、本当によく心配りをしてくださった。私は六十五歳の定年後も所長を十年続けたが、続けるにあたって高橋さんの存在が不可欠と思い、私が退職するまでは、婦長として支えて欲しいと、特にお願いして働き続けてくださった。所長職以外に、日本総合健診医学会理事長も務める私の体のことも、いつも見ていてくださった。私は六十五歳の定年後十年働いたので、高橋婦長は六十五歳以後十二年間も私を支えてくださった。私が我儘を言って、高橋さんが勤務を続けることを許してくださったご主人さまにも、心から感謝した。

三浦事務長と高橋婦長の働きは、東京健管の歴史にとって特筆すべきものと考え、ここに特に記しておく。

（九）社員旅行

私は、職員の中で幹部職員というのは、所長就任時に二代教祖から「主任以上の幹部職員一同で教主邸へ来なさい」と言われて以来、主任以上を幹部職員と考えていた。

職員は所長も含めて全員で社員会を形成している。社員会長は全職員の選挙で選出される。健管の年中行事の中でも重要なのは、新入社員歓迎会、夏の納涼会、忘年会、社員旅行の実施である。どういう内容の社員会にするかは、社員会長に任せることにしている。私は社員会長のリードぶりを見て、職員全体のためを考えているかどうか、主任の任命に相応しいかどうかを決める参考にしていた。前任のセンター長が大本庁で「赤字なのに、よくも社員旅行しているね」と叱られたことを聞いている。職員の皆さんのお陰で黒字経営なので、文句を言われる心配はなかった。行動力のある社員会長の場合、社員旅行の行き先を海外のハワイやグァムを企画した。その場合、税務対策上、センターが旅行費の一部負担するときは、職員の五割以上の参加が必要であった。したがって社員会長が職員に働きかけて、皆が楽しみにする行き先を選び、百名以上の参加者を動員できるかどうかが、最低必須条件であった。実施に当たっては、大本庁の了解を取るのは勿論であった。

私の一番の思い出の社員旅行は、一九九〇年（平成二年）十二月二十二日〜二十三日の東京健管創立二十周年記念のクルージングである。一年前、事務長の三浦君と二十周年記念の話になったとき、たまたま旅客船でのクルージングの情報を耳にしたとのことであった。当時日本では、まだクルージングブームは無かった。聞けば、青森と北海道をつなぐ青函トンネルの開通によって、青函連絡船が不要となり、その連絡船が改装一新して、ジャパニーズ・ドリーム号というクルージング用旅客船となり、旅行客の募集を開始したとのことであった。東京を出港し、一泊二日で伊豆大島を周遊して、日の出桟橋へ戻るというコースで貸し切っても、その費用はリーズナブルなものであった。社員会長の大川君も大乗り気であった。三浦事務長が、早速に契約してくれた。全職員とその家族、およびパートタイム医師およびその家族も参加ＯＫとなり、二百名を超す参加者となった。

クルージングブームはまだ無かったが、映画やテレビで見ると、クルージングでのディナーでは紳士淑女がタキシードやドレスで食事を楽しんでいる。そこで職員には思いっ切りお洒落をして乗船しようと、声掛けをした。女子職員は皆ドレスアップしてきたし、男子職員も数名はタキシード着用で参加してくださった。ブッフェスタイルのディナーと、アトラクションとして、ＰＬ学園音楽寮卒業生でオペラやコンサートで売り出し中の木月京子さんと、バックバンドのグループに乗船してもらって、歌謡ショーを催してもらった。船にはダンスフロアーや寿司コーナー、うどんコーナーも設営されていて、娘さんとダンスを楽しんでいる三浦事務長や大川社員会長を見て、男児しかいない私は、少々羨ましかった覚えがある。今もこのときのクルージングの素晴らしい思い出が残っている。我々のクルージングが終わって間もなく、日本にもクルージングブームが起き、にわかに料金が高騰した。ブームに先駆けて私たちは、クルージングを条件良く実施できた。三浦事務長のお陰であった。

レセプトの件で社会保険支払基金の呼び出しを受ける

一九七八年（昭和五十三年）二月四日に私はＰＬ東京健康管理センター所長に就任した。

ドック健診は自由診療なのでレセプトには関係なかったが、クリニックは保険診療なので、クリニック受診者の一人ずつの医療費について窓口で本人払い分を払った残りの医療費を保険請求するという仕組みになっている。その保険請求書をレセプトと呼び、請求の中身が病気名と合っているか、過剰な投薬や検査になっていないかなどを厳しくチェックするのが社会保険支払基金と国民健康保険団体連合会であった。ここまでの知識は医師であれば知っているが、大学病院の医師はレセプトについて講義を受けることもないので、どうやって一人ずつのカルテからレセプトができるかについては知るチャンスもなかった。私は所長就任時からうちの外来カルテはペラペラの紙で何か変だが、医事課が毎月レセプトを作り提出していて問題になっていない。それに私の前の代々のセンター長は大学の著名な先生方であったし、レセプト上の注意は何もなかったので、変な診療カルテだとは思うがまあいいか……と思っていた。

所長を拝命して二年目のころ、クリニックの赤字を何とかしてせめて収支トントンに持っていけないかと真剣に考えた。ドック健診の受診者の異常値を見ていると、異常の第一位は血糖が高く尿糖陽性――つまり糖尿病予備群の方々であった。大学病院の外来では血糖が少しでも高い人には、糖負荷試験をして血糖の時間的推移とインスリンの反応を調べ、体重コントロールと食事指導をおこなうことが医学的に不可欠の道であった。そこでドック健診で血糖値の高い人や尿糖陽性の人に対し、精密検査としてクリニックで糖負荷試験をおこなうことにした。ドック健診の受診者が少しずつ増えていたので、クリニックでの精検としての糖負荷試験の受診者も増加していた。

一九八〇年（昭和五十五年）十月に支払基金のレセプト審査会から「糖負荷試験をおこなうのは症例を選んでやってください」との注意書きが送られてきた。診療所レベルのレセプトというものについてよく知らない私は、「知らない者ほど強いものはない」の例えのごとく大学病院での感覚そのままに、「軽症者に糖負荷試験をどんどんやって何が悪い、医学的に正しいことをやっているのだ」という思いであった。そのうえ、東京健管外来へ来てくださっている大学の先生方の中にレセプト審査員をしている先生もいらっしゃったので相談したところ、糖負荷試験をおこなうことには問題ないとのアドバイスをいただいた。

支払基金審査会の注意には納得できない気持ちであったが、十一月にまたも糖負荷試験の症例を選べとの注意書きがきた。精検としての糖負荷試験を続行して十一月分のレセプトを提出したところ、十二月に入って指定したカルテを持って支払基金へ出頭するよう連絡があった。糖負荷試験の是非について医学上の論争をおこなうのだと思い、意気込んで指定されたカルテをトランクいっぱいに詰めて池袋東口の支払基金へ出向いた。

案内された部屋には審査委員長を中心に四人の審査員が着席していて、レセプトとカルテの突合せが始まった。間もなく各審査委員から「会計用のカルテがありませんね。こんなカルテでよくレセプトが作れますね」「診療所用のカルテは各医師会に備え付けられているのに、ご存じないのですか」との発言があり、医学論争どころかもっと基本的な診療所としてのカルテの不備を指摘されてしまい、私の気持ちはいっぺんに萎えてしまい恥じ入った。

当クリニックの医事課が使っていた会計用の特別の用紙は、考えてみればカルテといえるものではなく変だなとは思っていたものの、一般開業医が診療所としてどんなカルテを使っているかを知らない私も、当時の医事課主任も、また代々の所長も何も思わずに月々のレセプトを作って提出してきた。まさに「知らぬが仏」、「盲蛇《めくらへび》に怖《お》じず」でした。保険診療に対しいかに無知であったかを思い知らされ屈辱にまみれた上に、当時の渋谷医師会長にカルテを一新した上で点検と指導を受ける約束をさせられ、支払基金から退散した。

さっそく渋谷医師会からカルテを取り寄せ、一九八〇年（昭和五十五年）末から一九八一年（昭和五十六年）正月の年末年始の休み期間中、誰もいないセンターで一人で外来カルテを新しく作り直し、一九八一年（昭和五十六年）の一月と二月の二ヶ月間、医事課主任を伴って渋谷区医師会館で医師会長の外来カルテ点検を受けた。もう二度と支払基金で糾弾されるような屈辱を味わいたくないと心底から思った。私にとってもＰＬ東京健康管理センターの歴史にとっても屈辱の思い出であるが、この歴史の上に今日のＰＬクリニックがある。

完全ＩＴ化の実現

総合健診はスタートからしばらくの間は、自動化健診と名付けられていた。同学会には優良施設認定制度があり、優良の基本は検査の自動化とコンピュータシステムを持つことである。

ＰＬ東京健康管理センターは、東芝総合健診センターと同じ年に創立され、東芝と共に日本で最初の総合健診センターと位置付けされている。生化学検査は勿論のこと、すべてがコンピュータ入力されているので、その日のうちに健診結果を健診受診者にお渡しし、面接説明が全受診者におこなわれている。私の記憶では、ＰＬ東京健管の最高健診数は一日二〇〇名（二〇〇五年十二月七日）の受診者を迎え、昼食は面接室でおにぎりを一個食べただけで、当日結果説明の面接を終えたときは、ぐったりと疲れを覚えた記憶がある。

健診面接を終えても健診が終わったことにならない。次回健診までの間に、医師が結果面接で指示したことが守られているかどうかや、健診後に何か変わったことがないかなど、次回健診までの間も健診と考え、次回健診までの間をフォローする専任の部署を、保健師、看護師、栄養士を中心に「指導課」として配置している。

次の健診までの間に受診者からの質問や相談の電話が入ったとき、電話を受けながら、健診時のデータや、健診後のクリニック受診結果などが必要なのに、すぐ目前で見ることができず、指導課のスタッフが、近くのパソコンで健診結果を出力することや、胸や胃のレントゲン写真やエコーの結果や、クリニックのカルテを取りに走るなど、せっかくコンピュータにデータが入っていても、いつどこででもすべてのデータが目前の端末に自由に出力閲覧できるシステムになっていないことが、大きな問題であった。

特にドック健診と併設のＰＬクリニックのデータが、健診データと一元化していないため、フォローアップのたびに指導課員が走り回ったり、前回健診後の精検データを取り寄せるのに時間がかかったりして、健診者のフォローに満足してもらえる対応をしきれないことが問題であった。

健診データや健診後の外来データや他医での精検データが、せっかくコンピュータに入力されているのにデータシステムが一元化されていないため、効率よいフォローアップがおこなえていないことを痛感したので、健診データやクリニックデータを一元化し、いつでもどこでも時系列で出力できるシステムを作る決心をした。

二〇〇四年（平成十六年）四月七日にデータの一元化のためのプロジェクトチームを立ち上げた。この当時、国内のコンピュータシステムを調査したが、健診システムとクリニックや親病院のシステムは別々のシステムになっていて、一元化されているものは国内に存在していなかった。そこで新しく健診とクリニックの電子カルテを一元化し、いつどこでもデータを時系列で出力できる完全ＩＴ化システムの構築を目指した。完全ＩＴ化プロジェクトの委員長を誰にするかということと、完全ＩＴ化を受注してくれる会社を見つけることが問題であった。プロジェクト委員長に業務（営業）の師岡部長を指名した。

師岡部長は私より二歳若いが、私と同様コンピュータに不慣れな年代であった。営業部員による受診者のコンピュータ管理にも良い顔をしないと聞いていたので、師岡部長がシステムの一元化に賛成してくれるかどうかが、このシステム一元化の実現を決めるとにらんだ私は、「毒を以て毒を制するため」と秘かに決意して、師岡部長にプロジェクト委員長を指名する決心をした。師岡部長は委員長就任を了承し、具体的な動きは情報処理室の阿南室長と進めることが決まり、第一回完全ＩＴ化プロジェクト会議を、二〇〇四年（平成十六年）四月十七日に開催した。

プロジェクト委員会の立ち上げが決まったので、システム一元化の事業を請け負ってくれる会社の選定に入った。日立も東芝もシステムの一元化に自信がないらしく、受注してくれなかったが、「株式会社コムシス」が受注してくれた。毎日の健診やクリニックをおこないながら、コンピュータシステムの一元化へ向けて作業が始まり、三年五ヶ月をかけて、二〇〇七年九月四日に完全ＩＴ化システムが完成した。これでフォローアップのたびに、指導課スタッフがデータ集めに走り回ることがなくなり、健診およびクリニック受診者へのサービスが行き届くようになった。完全ＩＴ化の目標が達成され、ＰＬ東京健康管理センターの第二次発展の基礎ができた。

ＰＬ大阪健康管理センターの閉鎖

ＰＬ東京健康管理センターは一九七〇年（昭和四十五年）十二月に実際の健診をスタートしているので、このときを東京健管の創立としている。大阪健管は東京健管の一年後にスタートした。大阪健管は東京健管がスタートしていろいろ問題があるところを改良してスタートしたので、スタートから六年間ぐらいの収支は大阪健管の方が良かった。

東京健管のトップには、長崎大学医学部教授の松岡茂先生はじめ錚々たる先生方が就任されたが、医師の免許と医療施設経営は、別物であることに気付かず赤字続きで難儀された。

日本の医師は大学医学部で診断と治療と病気に関連する研究に努力を集中するが、患者さんや受診者といかに心を通わせて、患者さんや受診者に喜んでもらうか、満足してもらうかについては、全くと言って良いほど、学ぶ場がない。私も二代教祖から東京健管所長を命ぜられたときも、そのようであった。

ただＰＬ教師として会員さんを大事にし、接する人の幸せのために配慮することを、教祖から常々教えられていたことが幸いであった。所長拝命時から東京健管の赤字状態を冷静に見つめ、さらに就任一週間目に幹部職員を連れて、大本庁教主邸へ来るようご配慮をいただいて「他人様の二倍も三倍も努力の上で、おしえおやに依る」ことを教えていただいた。

何をどう努力をするかは、現場の当事者が気付く責任があると思い、思い定めたことは、

（一）受診者を増やす部署の営業部を作り、受診者増を目指す。

（二）今日来た受診者に満足してもらえるよう親切の限りを尽くし、ＰＬ健管へ受診して良かったと、家族や周囲の人に伝わるよう努力する。

（三）月々の努力目標を定めて全職員に公表し、月の終わりに結果を公表して、自主的に教祖にも報告する。

以上の三点を努力目標として心に定めた。

社員と心を合わせ、必死の努力を続けた。所長就任初年度の決算が収支トントンとなり、大赤字解消の第一歩を明るい将来の展望と共に踏み出した。

年数回開催される医療法人宝生会理事会で、大阪健管所長のＫ先生とお会いした。施設ごとの経営報告で、大阪健管はわずかのプラスか赤字で苦労していらっしゃった。私はＫ先生に「病気の人が受診する診療所や病院には、受診者勧誘の営業部はないが、健康人を対象にドック健診をおこなっている我々の仕事には営業部は必須です。東京健管では営業部を強化して、受診者を増やす努力をして

います。東京健管の赤字が解消でき、黒字となっているのは全職員の努力と営業部の働きのお陰です。大阪健管も営業部を作ったらどうですか?」と申し上げた。

K先生は「うち(大阪健管)は、郵便の簡易保険の補助による健診受診者があるので、営業しなくても一定の受診者を確保できるんです。うちでは営業部を作る必要はありません」とおっしゃっていた。そのうちに例の郵政改革が断行された。郵便簡易保険からの受診者が急減してしまったため、K先生は営業担当設置を決心され、M氏に営業係を指名し大幅の昇給をおこなったとのこと。営業という部署の内容に慣れていなかったK先生は、営業係に指名したらすぐ成績が出ると思っていらっしゃったらしかった。営業の実際は靴をすり減らし何回も訪問して人間関係ができたところで、ようやく受診のお勧めができるという努力が不可欠であったし、それだけに成果が出るまでには時間がかかった。

営業に指名してすぐ実績が出てくると思う方が無理な話だが、給料を大幅に上げたのに、実績が出ないことに不満のK所長は、M氏の営業係を解任して給与も戻した。

所長とM氏の間に感情の縺《もつ》れが生じ、M氏はたった一人でも加入できる医療関係の労働組合に加入してしまった。その組合の幹部がオルグ*として大阪健管に押しかけ、団体交渉となった。心配した私は、K先生に状況をお尋ねしたところ「話し合った。和解し笑って握手しましたので、円満解決しました」とのことで安心した。ところが、和解の文章を作成している最中にK先生が胸痛で倒れ、救急搬送された。間もなく所長交代となった。

これで一件落着とかと思っていたところ、二〇〇九年（平成二十一年）四月二十四日の全国各新聞朝刊に「大阪のPL診療所、架空の血液検査値通知」との見出しで報道された。特に朝日新聞が一面に大きく報道した。テレビニュースでも各局が伝えた。架空検査報道に驚いて事実確認をおこなったところ、善玉コレステロールの実際の検査を実施せず、架空のデータを受診者に伝えていたことが、発覚したということであった。内部告発としか考えられず、さらに確認を進めていくと、先の営業部指名の騒動のM氏が、朝日新聞に持ち込んだと判明した。

M氏がブログに克明に事の次第を載せたので、多くの人がこの事実と背景の事情を知ることとなった。

PL東京健管では、善玉コレステロールもきちっと測定しているので、健診契約をしている各健康保険組合や、個人で受診している方々に説明をおこなった。全国展開の健康保険組合が次々と大阪健管との契約を即刻打ち切りにしだしたのは、やむを得ないとしても、同じPLなのでPL東京健管も大阪健管と同じと見られないよう事実の説明に大童になったが、PL東京健管に不正がないことを納得してもらうのに大変だった。普段の東京健管の営業部員の人間的お付き合いと信頼感の形成のお陰で、PL東京健管での健康保険組合との契約打ち切りを回避することができた。

事件発覚後、PL大阪健管の受診者が激減し、ついに倒産閉鎖となってしまった。

ＰＬ大阪とＰＬ東京の違いが鮮明になったが、ＰＬ東京は良き職員と良き受診者に恵まれたと思う。

＊オルグ　未組織の労働者の間に入って組織や政党を組織する人

受診者増に対応するため新館建設をおこなう

所長就任直後から、ドック健診とクリニックに来てくださった受診者に満足していただいて、次回もPL健管センターに来ていただこう、できたらご家族やお友達にも奨めていただこうと朝夕職員皆で遂断って努力していたところ、次第に受診者が増えてきた。本当にありがたくうれしいことであった。

受診者増に伴って診察室と諸検査室を増やす必要があった。特にエコー検査は当時の医療の世界ではまだ未成熟の分野であり、医療機器メーカーもプローブを開発中という段階であった。

こういう状況の中で、PL東京健管センターのエコー検査技術を大きく進歩向上させてくださったのが、桑島《くわしま》章《あきら》先生であった。桑島先生は放射線科の専門医でいらっしゃるが、エコー検査の原理にも実技診断にも並外れて優れた能力をお持ちであった。他の健診センターに先駆けて、桑島先生のご指導でドック健診全受診者の肝胆膵腎エコーと、女性受診者全員の乳腺エコー検査を早い時期から実施した。そのため健診フロアーの改装によってエコー検査室を確保して何とか凌いだ。しかしエコー検査の重要性が増すにつれエコー検査の時間がかかり、健診の流れがエコー検査のところで淀んでしまう事態になってきた。エコー検査室を増やすしか方法がないのだがフロアーの絶対面積が足らないので、今後のＰＬ東京健康管理センターの発展のためには、何とかして健診フロアーの面積を広げる必要があった。

悩んだ末に私は「おしえおや様（三代教祖）に何とかお願いしてセンター隣の教団の土地を売っていただこう。隣に新館を建てフロアーを拡張して健診の流れを良くし、受診者に満足してもらえるフロアーにしよう。それ以外に道はない」との結論に達し三代教祖に直訴する腹を括った。二〇〇〇年（平成十二年）春の医療法人宝生会の決算理事会におしえおや様（三代教祖）も出席された。ＰＬ病院、大阪健管、東京健管の三施設の決算報告と経営計画と問題点の報告がおこなわれた。私は東京健管のフロアーの手狭をおしえおやに直訴する腹を括っていたので「健診者が増えてうれしい悲鳴ですが、受診者に気持ちよく健診を受けてもらって満足していただくためには、どう工夫してもフロアーの面積が足りません。東京健管の今後の発展のためセンターに隣接する教団の土地を売っていただけませんか」と三代教祖に直訴した。

三代教祖はにっこりされて「最近の地価高騰で渋谷のあの土地も相当な値段がつくでしょう。一般公募して売り出しましょうか」と冗談のようにおっしゃった。私は思わず「おしえおや様、冗談をおっしゃらないでください。あの土地は是非とも東京健管に売ってください。おっしゃる値段で買わせていただきます」と重ねてお願いした。

三代教祖は私の発言に対してそれ以上何もおっしゃらずに、にっこりされていた。

私は「脈ありということだな。教団財務との話を進め教団内の世論作りができたら、売ってくださるのだな」と感じた。

東京に戻った私は猛烈に動き出した。三浦事務長と相談し渋谷近辺の地価の情報を集め、建設費の予算と費用の確保など手配を進めた。

また私はこの決算理事会の後、毎日の朝礼、夕礼に出席のため健管の四階から五階へ行くガラス張りの外階段を通りながら、隣の土地を見下ろして「隣の土地さんよ、あんたはこの東京健管が必ず買い取るから他の人のところへ行っちゃダメだよ」と口に出して、人と会話するように呼びかけた。

新館の設計図ではエレベーターはストレッチャーが入れる大きさのものを計画した。これまでも何回かドック受診者が気分が悪くなり、救急車を頼んだことがあったが、東京健管のエレベーターが奥行きが浅くて救急患者をストレッチャーに寝かせたまま運べなかった。救急隊員の人から「立派な診療所なのにエレベーターが小さくて、ストレッチャーが使えない」と文句を言われていたので、大型エレベーターの設置に気を使った。健管新館建設の諸準備がまとまった時点で、私はＰＬ大本庁の丸本財務部長に面会し、隣接地の購入条件と新館建設計画を説明し了解を得た。その上で正式の教団の土地購入と東京健管新館建設のお伺い書を提出し許可を得た。

二〇〇一年（平成十三年）四月二十日に新館建設地鎮祭をおこない、二〇〇二年（平成十四年）五月二十七日に新館落成式と落成披露をおこない、念願の健診フロアーとクリニックの拡張を実現できた。

新館建設の実現は、ＰＬ東京健康管理センター発展の歴史の中で重要なできごとであった。

島倉千代子さんと

四章

IHEA東京大会（平成六年）
右より 日野原会長、レシュム博士〈イスラエル〉、グラント博士〈カナダ〉、ヘール博士〈英〉、田村政紀

国際健診学会大会長と日本総合健診医学会理事長就任

私の人生は、二代教祖のお導きによりＰＬ教師とＰＬをバックに、医者として社会に尽くすという人生であった。その中でいろんな方とお会いし、お付き合いもした。

森総理の主治医として総理の外国訪問に随行し、医師としては珍しいいろんな経験をした。倉成外務大臣初め、政界の重鎮の方や財界・芸能界など、ドック健診を縁にご交誼をいただいた方々と、温かい思い出は、すべてＰＬ二代教祖のお陰であり私の心の宝物である。

医学界でドック健診を通して、私に強烈な思い出を与えてくださったのは、日本総合健診医学会の日野原重明先生と菅沼源二先生である。

日野原重明先生は、お名前を知らない日本人はいないと言って良いほど有名な医師である。二〇〇五年（平成十七年）に文化勲章を受章され、百歳を過ぎてもそのご活動は人々の目をみはるものであった。二〇一七年（平成二十九年）七月十八日に百五歳で天寿を全うされて逝去された。日野原重明先生のご活躍ぶりは、多方面にわたっていらっしゃったが、大きな一つに「予防医学」がある。日野原先生は早くから世の中で成人病と呼ばれているものは、生活習慣に依るものであると考えられ「生活習慣病」と喝破されて、今や正式の医学名となっている。人間ドックの創始者のお一人として日本人間ドック学会をスタートさせ、一九七三年（昭和四十八年）には、東大の樫田良精先生、藤間病院の藤間先生等とともに、日本自動化健診学会（後の日本総合健診医学会）を創立された。樫田先生の逝去の後、日本総合健診医学会理事長に就任され、予防医学会の第一線に立ち続けられた。一九七八年（昭和五十三年）に私はＰＬ東京健康管理センター所長に就任し、親しく日野原重明先生のご指導をいただくようになった。日本総合健診医学会は、国内学会だけでなく国際健診学会（ＩＨＥＡ）の第三地域中心国となり、毎年一月の国内学会に加えて、二年に一回開催の国際健診学会を第一地域（米国、カナダ）、第二地域（ヨーロッパ）、第三地域（日本、台湾）と、持ち回りで開催し、日野原重明先生は自動化健診の生みの親のコーレン先生とともに、国際健診学会の中心となっていらっしゃった。

国際健診学会の中で、国内学会を持っているのは日本だけであって、他の地域は国内学会を持っていない。そのため国際健診学会の維持の財政的基盤不足に苦しんでいた。おまけに日本からＩＨＥＡ本部に送金したはずの年会費の入金がないとの、本部からの矢の催促があり、なぜこのような事態になっているのか不明のまま、国際担当の八坂理事（ＰＬコンピュータ部部長）が、苦境に立たされていた。その上に、国際健診学会の当番である第二地域の英国ロンドンのＢｕｐａ研究所のラスト先生が主宰することになっていた国際健診学会が、研究所とのトラブルでラスト先生が辞めてしまい、第二地域のＩＨＥＡ主宰者がいなくなってしまった。ＩＨＥＡ本部は運営資金不足で困っているうえに、当番会長であるラスト先生に代わってＩＨＥＡ本部のウィリアムズ先生とティムケン氏が急遽スイス・ジュネーブへ出っ張って、ＩＨＥＡジュネーブ大会を開催することになった。ＩＨＥＡ本部から日本総合健診医学会に対し「至急、支援金を送ってくれ」との悲鳴のような要請があった。国際健診学会を潰すわけにいかないとの日野原重明先生の強いお覚悟を知った私は、総合健診医学会会員諸氏に、国際健診学会ジュネーブ大会への参加を働きかけた。その結果三十名近い日本からのジュネーブ大会への参加があった。

ジュネーブで日野原重明先生から「田村先生、次の一九九四年（平成六年）の国際健診学会東京大会の大会長をやってください」とのご指名があり、ジュネーブでのＩＨＥＡ理事会で正式に決まった。当時私は国内の日本総合健診医学会副理事長、国際健診学会理事であったが、日野原重明先生の強いお気持ちを知るだけに、日本総合健診医学会と国際健診学会東京大会の合同大会を、大会長として立派に開催する覚悟をした。ＰＬ大本庁の了解も得て、準備をスタートさせた。合同大会には人智を集め、協賛金も充分に集めてＩＨＥＡの資金不足を跳ね返し、国際大会参加者が満足してくださる大会にすることを改めて決意した。合同大会日程を決め会場探しを始めた。

日野原重明先生は「田村先生、ホテルの会場は高いから立派なところでなくても安いところでいいですよ。宿泊もホテルは高いので、六本木の国際文化会館の割安の部屋を取ったらどうですか」と私どもの苦労を見越してお気遣いくださった。

いろんな施設を見学した結果、あまり高くなく何とか使えそうなのは、日本都市センターであった。日本都市センターと仮契約する段階になって、大きな展開が起こった。京王プラザホテルの営業部長から連絡が入り、折からのバブル崩壊によって、国際健診学会と国内合同大会の会期と同じ日に入っていた大きな予約がキャンセルになったため、総合健診医学会合同大会を何とか京王プラザホテルでやってもらえないかということであった。

そこで会場使用料と宿泊料金を、日本都市センターと同じ料金にするなら、使ってもよいと申し入れたところ、日本都市センターと同じ値段でいいから是非使ってくださいとの申し出であった。京王プラザホテルの正式見積書で、日本都市センター並みになっていることを確認し、国際健診学会会長&日本総合健診医学会理事長日野原重明先生に報告申し上げた。日野原先生は「本当ですか。夢のような話ですね」と大変喜んでくださった。

また私は大会長として英語で大会長講演をおこなう覚悟をした。知人の紹介で、オーストラリア人で日本の男性と結婚しているリネット先生に週一回木曜日の夕方、英会話のレッスンをしてもらうことになった。東京大会が近づくに従い大会長講演の英語を正しく発音することに集中し、英語のｒとℓの明確な発音と文章の区切りと抑揚を、リネット先生に繰り返し練習させられた。

会場の新宿京王プラザホテルの喫茶フロアーで、大会長講演直前まで発音チェックをリネット先生から受けたが、周りの喫茶客が驚いて私とリネットペアを見ていた。

大会長講演となり、会場は満席で立っている人も多数いるという盛況の中で始まった。

リネット先生が演壇近くの最前席で、弟子の私の英語講演をじっと聞いてくださっていた。四十分の英語の大会長講演を終えて降壇すると、リネット先生が「よくできた、ベリーグッド」と言ってくださった。さらに、東大医学部保健学科卒で、PL東京健管指導課主任の樫原くんが来て、東大医学部恩師の郡司教授が「田村先生の大会長講演は、きれいな英語でしたね。田村先生は英国に留学されたんでしょう」とおっしゃっていましたとの報告があった。海外留学を一度も経験したことのない私に、留学したに違いないと思わせる英語の発音を厳しく指導してくださったリネット先生にとって、最高の誉め言葉であった。国内学会と国際学会の合同大会は、盛況の中で日程が進み、理事会夕食会には海外理事はご夫婦で出席されるので、国内理事にも奥様同伴での出席をお願いした。

ＩＨＥＡ理事会中、アメリカとカナダの医師二人が、次の国際学会はカナダかアメリカでおこなわれるという議論に不満だったらしく、理事会途中席を立った。通訳として待機してくださっていた、崎山先生が入ってきて「カナダとアメリカの医師が、何か不満で帰るとか言っています」と報告してくださった。日野原先生に理事会を休憩してくださるようお願いし、私は二人の医師を探した。少し離れたところにいる二人を見つけた私は「I need you!」と言って、私より大きな二人の医師を両脇に抱えて、理事会に連れ戻し、理事会を再開。何とか次回大会をカナダで開催することを決議できた。

大会中の懇親会やさよならパーティーの出し物には、思いっ切り和式の「鏡割り」や「江戸神楽」

や「くじ引き」を取り入れたが、海外からの医師やご夫人方に大好評で「日本文化に感動した。東京大会に参加して本当に良かった。素晴らしい大会を、ありがとう」と喜んでいただいた。

これまでの国際学会では、大会で発表された演題のまとめの講演集の発行がほとんど行われなかったが、東京大会の講演集を発行すべく準備をしていて、東京大会開催の一九九四年（平成六年）の年末までに発行し、世界三地域会員にも発送し終えて、国際健診学会&総合健診医学会国内合同東京大会のすべてを完了した。日野原重明先生に完成した講演集をお届けに上がりながら、合同大会のすべての完了を報告申し上げた。「本当に立派な東京大会を完璧にやってくださって、ありがとう」とのお言葉をいただいた。

その後日野原重明先生から驚きの発表があった。一九九五年秋の総合健診医学会理事会で、日野原重明先生が「来年一月の総合健診医学会総会で理事長を降り、新しい理事長を田村先生にやってもらいたい」と発表されたのには驚いた。私は日野原先生に申し上げた。

「私は理事の中では下から二番目の若い理事です。いろいろと教えていただいたベテランの大先輩理事が沢山いらっしゃるのに、私のような若造理事には理事長は務まりません」とお断り申し上げた。

これに対し日野原重明先生は「では理事定年を決めましょう。七十歳定年としましょう」と発表された。七十歳定年ではまだ足りないと日野原先生はお考えになったらしく、次いで「理事定年を六十八歳にします」と発表された。ここまで配慮されては日野原先生のご指示に従うしかないと、私は覚悟し理事長就任をお受けした。教団の了解も得て、一九九七年（平成九年）一月から二〇〇七年（平成十九年）一月までの十年間、日本総合健診医学会の理事長を務めさせていただいた。この間に二回国際健診学会長を務めた。

この十年間は総合健診医学会にとって波乱の十年間であったと思う。日野原先生は名誉理事長として、私を後見するお気持ちであったと拝察しましたが、理事会には必ず出席してくださいました。私は日本総合健診医学会理事長に就任して学会を冷静に眺めてみて、いろいろ問題があることが分かった。

第一に、総合健診医学会が人間ドック学会の第二部としてできた学会であるとの、誤った認識があり正さなくてはいけない。

第二に、日本医学会に正式に認められるとともに、健康保険組合と正式に契約できる学会となるには、学会会員数が少なすぎること。学会正会員の増加が急務であること。私が理事長に就任したとき、日本総合健診医学会の正会員数は六二〇名であった。

学会の精度管理委員長であった菅沼源二先生が、私の危機感に共鳴してくださり、全国の各施設の施設長と事務長にお会いして、総合健診医学会の目標や方向性を理解してもらうため、一緒に全国行脚をおこなうことにした。

足掛け四年間全国行脚を続けたが、土曜、日曜日がつぶれる多忙の行脚であった。全国行脚前の学会正会員数六二〇名であったが、行脚終了翌年の個人正会員数は二〇一三名に増えていた。

総合健診の激動は続いた。第三に、総合健診医学会の大スポンサーであった協栄生命が倒産した。協栄生命の新宿ビルの七階に協栄生命のご好意で、特別低料金にて総合健診医学会事務局を置いていた。このビルが外国企業の持ち物に代わるため、直ちに原状回復して退去せねばならないという窮地に陥った。このとき菅沼先生が総合健診医学会支援のため作っておられた、ＮＰＯ健康増進事業支援協会の事務局へ緊急避難させてもらった。緊急避難であったため書類整理の時間がなく、ＮＰＯ法人の一室の天井にまで積みあがった未整理の書類の山に溜息がでた。日野原重明先生にも段ボールの山を見ていただいた。その上に事務局長として東芝から出向してくださっていた山口氏が東芝へ戻ることになり、学会事務局長不在となってしまった。後任が決まるまでとりあえず、精度管理委員長の菅沼先生に学会事務局長を兼任していただくことを、日野原先生と相談の上、菅沼源二先生に無理を言ってお願いした。

それからしばらくして、学会にさらに激震が襲った。

当時全国有数の健診実施数を誇っていた愛知県総合保健センターが、県の財政困難のため閉鎖となってしまった。愛知県の施設の中で最大の受診者数を持っていたので、その受診者を取り込もうとして、名古屋の各施設が懸命になっていた。

この中で名古屋の某施設が、正式に公表している受診料金の一割の料金で、受診者勧誘をおこなっているとの新聞報道があった。さらに名古屋の優良各施設からも内部告発が続いた。学会としても放置できず、学会の倫理規定に反する行為と判断し、当該施設に優良施設の自主辞退を勧告したところ、この施設が名古屋の公正取引委員会事務所に駆け込んだため、本学会事務局に公正取引委員会の調査が入った。私は公取が何らかの有罪結論を出したときは、一切の責任は学会理事長田村にありとして、切腹（理事長辞任）する覚悟をした。ところが菅沼源二先生が「一切は学会事務局長菅沼の責任にあり、田村理事長も日野原重明先生にも、関係なし」と主張され、公取の事務官もそれを認めた。晴れて無罪となった公取判決であったが、総合健診医学会と人間ドック学会と健保連に、重要な注意があった。

日野原重明先生のご了解があったとはいえ、菅沼源二先生のご決断がなかったら、総合健診医学会はどうなっていたかわからない。思い出すたびに恐ろしくなる一大事であった。日野原先生の文化勲章受章祝いが無事おこなわれたが、学会は菅沼先生が一切の責任を取るということで、学会の精度管理委員長も学会事務局長も辞任され、学会事務局長の適任者が現れなかったので、やむを得ずＰＬ東京健康管理センター職員の平木氏に、午後だけ学会事務局長代行として仕事するよう指示した。

このため新しい事務長が決まるまで、臨時に学会事務局をＰＬ健康管理センター近くの、渋谷区神山町に置くことに日野原先生のご了解をいただいた。公取の調査をきっかけに、毎年おこなわれていた健保連との健診料金交渉が無くなり、さらに総合健診が人間ドック学会の下部組織のような扱いを受けていたことも改善された。これらの情況を総合健診医学会の確実な進歩とするため、総合健診医学会の早急な法人化に着手し実現した。また、優良施設の認定は学会内の優良施設認定委員会がおこなっていたが、いわば自己評価のようなものであることの反省から、第三者による優良評価をおこなう必要から、健康事業施設評価機構を立ち上げた。この第三者評価機構の立ち上げには、日野原重明先生、菅沼源二先生と小川哲平先生のご尽力をいただいた。

これら総合健診医学会の激動の十年間を私は、自施設の黒字経営の維持と総合健診医学会の発展を願って、全力投球したが十年間の学会激動を何とか乗り切り発展できたのは、日野原重明先生と菅沼源二先生の、絶大なご理解ご協力の賜物であった。

こうした中で私は体調を崩し、二〇〇七年（平成十九年）一月に学会理事長を退任した。同時に菅沼源二先生は学会名誉顧問となられたが長い間の総合健診へのご貢献に対して、二〇〇七年（平成十九年）に日野原重明賞の受賞となった。

また私は二〇一三年（平成二十五年）に日野原重明賞を受賞した。私が総合健診医学会を語るとき、日野原重明先生と菅沼源二先生のご指導ご協力を思わずにはいられない。さらに小川哲平先生と蓁沢《しぼさわ》利行《としゆき》先生のご協力も忘れられない。

総合健診医学会の関係で、記しておきたい二つのことを書き加える。

その一つは、日野原重明賞の創設である。

日本総合健診医学会理事長となっていた私は、偉大な日野原重明先生の予防医学に対するご功績を称えるための賞を設立したいと考え、菅沼源二先生に相談したところ、菅沼先生も同じことを考えていらっしゃったということで、ピタリ意見が一致した。理事会で承認され、日野原先生の同意もいただいて正式に、日野原重明賞の設立が決まった。設立の基金は菅沼源二先生が用意してくださった。毎年一月の学会大会で一人を選び、賞金三十万円と日野原重明先生直筆のサイン入り万年筆を授与することになった。日野原賞設立の経緯を詳しく語ったことがないので、ここに記しておく。

菅沼先生は二〇一〇年（平成二十二年）に亡くなられた。また日野原重明先生は二〇一七年（平成二十九年）七月十八日に百五歳で大往生を遂げられた。

第二に、私が一九九六年（平成八年）一月に日本総合健診医学会理事長に就任した直後に、土屋章先生と熊本の小山和作先生と会談した。お二人と会談したのは施設協議会をどうするかのためであった。私が理事長に指名される少し前に、総合健診医学会と学会誌出版会社の間で、何かトラブルがあったらしく学会誌が発行されず、また学会の委員会活動がほとんど行われないという停滞時期があった。学会の停滞状態を心配した有志の先生方が相談して、学会本体の活動が止まっているので、学会の活動を支援するためのグループを作って総合健診医学会を支えようということになり、「総合健診施設協議会」を設立し、日野原重明先生のご了解もいただいた。施設協議会会長に土屋章先生、副会長に小山和作先生と私が選ばれ、かなり活発な活動をした。その活動の成果の一つが「経鼻内視鏡の開発」であった。当時胃内視鏡はオリンパスが中心となって開発販売していたが、日本の内視鏡は世界中で認められていた。経口で内視鏡検査をおこなうのが通常の使用法であったが、中には咽頭反応が強くてどうしても内視鏡を呑み込めない人がいた。また、高齢者の方にも口から挿入できない人がいた。こういう方々のため、鼻から入れる細いファイバースコープが必要という状態であった。施設協議会の中に、経鼻胃内視鏡開発委員会ができ、その委員会の委員長に私が任命され、オリンパスと共同開発することになった。

いろいろ検討し試作品ができ、数施設で試用して内視鏡検査良好の結果が出た。日本内視鏡学会会長にもお会いし、試作品を見てもらい実際に使ってみてくださって「とても良い」との評価をいただいて、正式販売となった。このとき特許が取れないか打診してみたが、小児用の気管支ファイバースコープが既に存在していて、よく似た構造なので特許は取れなかった。

日野原重明賞を受賞（平成二十五年）

クリニック職員と島倉千代子さんを囲んで（平成五年）

忘れ得ぬドックメンバー

三十六年間所長を務めたＰＬ東京健康管理センターのドックメンバーが次第に増え、中でも社会的に各界で活躍され、お人柄としても尊敬できる方々の中で特に忘れ得ぬ方がいらっしゃる。

特に心に残るお二方を記す。

（一）島倉千代子さん

島倉千代子さんは日本を代表する歌手である。私より二歳上で、昭和十三年三月三十日生まれであった。初めて島倉さんにお会いしたのは、一九九一年（平成三年）十月八日であった。私の親友の歯科医師の猪股克則先生の紹介で、私の外来を受診されたのが最初であった。既に十年前から慢性肝炎と診断されていらっしゃった。幼少時、長野県へ疎開されていた。一升ビンをもって水汲みに行ったとき、ビンを割ってしまって、そこへ左手を突っ込み左手に大怪我をされた。治療した医師が左手を切断する必要があるとの診断であったが、島倉さんのお母さんが必死で、女の子だから切断せずに何とかしてくださるよう医師に頼み込み、幸い切断せずに済んだ。このときの輸血が原因で肝炎となり、年数の経過とともに慢性肝炎となっていたが、島倉さんは肝硬変を心配していらっしゃった。

当センターのエコー担当の桑島章先生は、超音波診断の名医でいらっしゃった、桑島先生による採血とエコーの所見で肝硬変はなかった。今後PLセンターで肝臓のフォローをしていただきたいとの、島倉さんのお申し出であった。これまでいろいろな医師に診てもらったようだが島倉さんは、有名な歌手でいらっしゃった上に、私の親友の猪股先生の紹介でもあったので、誠心誠意、診察と説明をさせていただいた。そのうえ、エコーの桑島先生の診断力と素晴らしいお人柄に、島倉さんも安心されてPLセンターで今後ずっと診てもらおうと思われたようであった。クリニックで肝臓をチェックするだけでなく、身体全体を診て欲しいとのお申し出があり、年一回PLセンターのドック健診を受けていただくことになった。

一九九二年（平成四年）一月十一日が第一回ドック健診で、慢性肝炎以外問題なかった。第二回目ドック健診（平成五年一月七日）で肝臓以外の異常所見があった。乳腺エコーで左乳腺に小さな（九ミリ×七ミリ）の腫瘍像がチェックされた。小さな腫瘍像であったし、即がんを疑うほどではないと考えられたが、念のため当時乳腺外科医として私が最も信頼していた、東京共済病院乳腺外科部長の馬場紀行先生に、診断をお願いした。その当時、多くの乳腺外科医は小さな早期の乳がんであっても、乳房の全体切除術をおこない、大胸筋切除による術後の手の運動障害など、いろいろと問題があった。そのなかで馬場先生は早期乳がんに対しては、部分切除を実施される先駆的な乳腺外科医であった。

島倉さんの乳房を診察された馬場先生は、触診では腫瘤が分からずPLドックでのエコー写真を参考に、ご自身でエコー検査し、小さい乳腺腫瘤を確認された。念のため針生検による細胞診をやってくださった。触診とエコーにより悪性は考えられないが、念のため生検細胞診の結果を待って、最終診断することになった。細胞診の結果、クラスV（がん細胞）であった。

馬場先生が乳房の部分切除をやってくださることになり、三月二十五日手術と決まったが、手術前に島倉さんがマスコミに会見して乳がんであることと、手術日が決まったことをご自身で発表した。

今ではいろんな芸能人が自分のがんを発表しているが、私の記憶では、著名芸能人が自ら記者会見で、がんと発表したのは、島倉さんの乳がん発表が最初であったと思う。テレビニュースでその発表の様子が放映されたが、島倉さんの首に冷や汗がスーッと流れるのが映り、緊張の様子が見て取れた。「渋谷のPL診療所でのドック健診で早期乳がんを発見してもらった」との発表であったが、PL健管センターへマスコミが押し寄せるということはなくてホッとした。

東京共済病院の乳腺外科部長の馬場先生が、適切に部分切除してくださり、手術は成功した。部分切除であったので、入院期間が短く済み、歌手として仕事に早く復帰したいとの島倉さんの願いに添うことができた。乳がんは早期発見・適切な手術で何とか片付いたが、問題は幼少時のケガに対し、輸血が原因のC型肝炎であった。この際、C型肝炎も治療したいとの島倉さんの強い希望があり、東京共済病院の内科部長の小山先生と相談し、インターフェロン投与をおこなうことになった。

インターフェロン投与開始後、全身倦怠が強く出ただけでなく、物事の判断がつかなくなり、錯覚のため日常生活や仕事に支障をきたし、インターフェロンを中止せざるを得なくなった。

島倉さんと相談の上、歌手生活を続けるため、インターフェロンを中止した。インターフェロン治療ができないとなると、C型肝炎の根治治療ができないので、次善の策として、今後「強ミノC」の注射を根気よく続け、二～三ヶ月に一回、当センターのエコー専門外来桑島先生の肝エコー検査をおこない、同時にアルファ・フェトプロテインの検査をおこなっていくことを、納得してもらった。

このとき以来、週三回ぐらいの強ミノC注射と検査のため島倉さんのPL診療所通いが始まった。

PL診療所の婦長や受付の医事課や診療所ナースに対し、「島倉さんが仕事の合間に来所したときは、決められている受付時間以外でも、特別に診察や強ミノC注射をしてあげることにする。」と、宣言して島倉さんへの万難を排した治療体制が始まった。婦長以下クリニックのスタッフは良く協力してくれ、島倉さんと私どもとの人間関係が徐々に強いものになっていった。島倉さんは時間のあるときは、強ミノCの点滴で投与を希望され、点滴の間安心してぐっすりと眠っていらっしゃった。PL診療所を「心の宿」として、通院してくださった。

将来、C型肝炎の慢性化が進み肝硬変となり、肝臓がんとなる危険性があることを、島倉さんによく話し息の長い治療と検査をしていく覚悟をしてもらった。島倉さんのこれまで歩んでこられた人生は、人を信用し過ぎて実印まで預けてしまったため、数億円の借金を背負ってしまったり、多額のお金を持ち逃げされたりして、人間不信に陥ってしまっていた。私たちPLクリニックは、島倉さんの金銭に絡む話には一切立ち入らず、医療人として誠心誠意の努力をさせてもらい、島倉さんの歌手人生を支えてあげることを、PLクリニックのスタッフに徹底した。週に二~三回は必ず強ミノCの静脈注射に来所されるという、長い治療をしながらの歌手生活が始まっていた。

治療しながらの長い島倉さんの歌手生活の中で、特に印象に残っていることを記すと、

①声が出ない

NHKの紅白歌合戦の常連であった島倉さんは、いったん紅白歌合戦を卒業（一九九四年、平成六年）したが、NHKやファンの強い要望で、一九九五年（平成七年）十二月三十一日の紅白歌合戦に復帰した。

この年の年末十二月二十八日で、私どものドック健診とクリニックは、年内の健診と診療業務を終了し全国から集まっている職員は、それぞれの郷里で正月を迎えるべく帰省していった。

年末が迫った十二月二十五日にクリニックで診察している最中に、ふと私は思った。

島倉さんは大晦日の夕方「年忘れ日本の歌」で唄った後、NHKホールへ移動し、紅白歌合戦で唄うが、もし万一島倉さんが風邪をひいて声が出なくなるようなことが起こったら、PLに助けを求めてくるだろう。声嗄《こえがれ》に対する特殊治療法は、耳鼻科の先生の処方に少し工夫を加えた処方があるが、

年末の休み中に治療となっても、どの薬品がどこにあるかが不明である。万が一に備えて、声嗄治療の点滴や投与薬およびネフライザー治療薬一式をトレーに入れて、外来に用意しておいてもらうよう、外来ナース主任に依頼した。島倉さんが声嗄で助けを求めてくるなどということは、起こり得ないとは思ってはいたが、万が一に備えて用意しておこうと、ふと思ったので、ふと気になったことは大切にすべしと思い用意した。

そして迎えた大晦日（一九九五年、平成七年）午前九時ころ、私の自宅へ島倉さんから電話が入った。かすれた声で、『今朝起きたときから声が出ない。先生助けてください。今日は「年忘れ日本の歌」と「NHK紅白歌合戦」で唄わなくてはなりません』。万が一の時のためと用意したその万が一が起こった。すぐPL健康管理センターのクリニックへ来るよう島倉さんに指示した。年末休暇に入っても在宅の高橋行子婦長に電話して、クリニックへ来てもらうようお願いし、外来主任ナースの河野陽子さんが万一に備えて用意してくれていた〝声嗄治療セット〟で治療開始した。

島倉さんに声嗄治療をするための点滴をせねばならないが、点滴をする医師は私しかいない。私は東京健管所長に就任する一九七八年（昭和五十三年）二月以前は大学病院病棟で毎日のように点滴や注射をしていたが、健管所長の就任以降は点滴や注射をするチャンスがなかった。島倉さんの腕の血管は細くて入りにくいことは、クリニックナースは皆分かっていた。

私は十九年ぶりに島倉さんの右腕静脈に点滴の注射針を刺した。ありがたいことに一発で見事に注射針は、島倉さんの血管をとらえていた。点滴の中に注射薬を入れ、一方ネフライザー（吸入）でも治療をした。午後三時になり、〝年忘れ日本の歌〟で歌うため楽屋入りと化粧の時間が来たので、ネフライザーを楽屋に持ち込むことにし、「絶対声が出ますよ」と島倉さんを励まして送り出した。

夕方からの「年忘れ日本の歌」のテレビ中継が始まった。島倉さんの声は必ず出ると信ずる心の片隅に「もし声が出ないため出演中止になったら、どうしよう」との心配があったのも確かであった。ドキドキしながらテレビの画面を見つめていた。島倉さんが舞台に現れ、声が出て歌えたのである。翌日島倉さんと握手したとき、主治医と患者という立場を越え、人間として信頼し合えると感じた。

島倉さんの週二～三回の強ミノC注射と月一回の肝エコー検査がその後も続いた。

②島倉さんの特別出演

二〇〇七年（平成十九年）秋に、私はＰＬ首都ブロック婦人会長の工藤さんと、数名の婦人会副会長の訪問を受けた。

中には娘さんがＰＬ東京健康管理センターの職員として働いてくださる方もいて、身内感覚の親しい方々であった。

「来年（二〇〇八年、平成二十年）二月十日に、渋谷公会堂（レモンホール）を借り切って〝ＰＬ婦人の集い〟をおこなう計画です。集いには二〇〇〇名のＰＬ婦人が参加しますので、田村先生に講演をお願いしたい」「ついては先生の話の他に歌手の島倉千代子さんをお連れしてくださいませんか」との依頼であった。私は自分の話の後で、島倉さんに「PLでお世話になっています」と言っていただければよいと思って島倉さんにお願いした。

歌のステージとは違うが少なくとも謝礼〇〇万円でお願いしなければと思い、PL首都ブロックの部長教師のM氏に〇〇万円用意してくれと話したところ、あんまりよい顔をしなかった。私はM氏に「島倉さんほどの大歌手を一日拘束するのだから、最低でも〇〇万円用意しないとPLが恥をかく。〇〇万円を渋るのなら島倉さんに声をかけられない」と妥協なく言った。やっとM氏は腹をくったようで、〇〇万円でOKとなった。

二月十日当日は渋谷公会堂（レモンホール）に都内各教会のPL婦人が満杯につめかけた。私は約四〇分でPL健康管理センター所長としての信念を話した。

私の話の後、島倉さんが登壇し、「PLで田村先生に救っていただいて、今ずっとお世話になっています」と、挨拶してくださって、〝東京だよおっかさん〟他二曲歌ってくださった後、〝人生いろいろ〟で会場が盛り上がった。アンコールに応えて、人生いろいろで会場のPL婦人が〝いろいろ〟と合いの手を入れて会場一体となった。素晴らしい島倉さんの歌で、PL婦人の集いは成功裏に終わった。

島倉さんとのおつきあいは続き、二〇一〇年（平成二十二年）七月のPL健康管理センターの納涼会に突然島倉さんが現れて、歌ってくださった。私は全く知らされていなくて、びっくりするやら大喜びするやらであったが、職員全員がペンライトを打ち振って、（ペンライトも島倉さんが用意してくださった）盛り上がった。本当に思いがけない嬉しい出来事であった。二〇一二年（平成二十四年）十二月の忘年会には特別にお願いして、参加してくださって歌ってくださった。

③最後まで歌手として生きた島倉さん

二〇一〇年（平成二十二年）十月まで肝エコーに変化もなかったが、十一月に食欲が落ち血中アルブミンの低下があり、肝硬変の末期症状が出た。十二月になって腹水を認めた。

腹水が溜まり出したら、ＰＬクリニックでの治療を続けるわけにはいかないので、どこかへ入院して腹水の処置をしなくてはならない。島倉さんと本音の相談をした。島倉さんは「特別な積極的治療はしない。歌が続けられるように、内科的治療をしながら歌手を続けたい。」との覚悟をおっしゃった。

そこで私たちＰＬ健康管理センターと三十年来のお付き合いがあり、身内同様の東京共済病院の消化器科部長の菅原先生に、島倉さんの希望をお伝えし了解していただいた上で、内科的治療のみをおこなっていただいた。二〇一一年（平成二十三年）一月六日に東京共済病院に入院し、菅原部長の手で腹水の処置と精検をしたところ、やはり肝臓がんを認めた。島倉さんの了解の上、二〇一一年（平成二十三年）二月九日にＴＡＥ（肝動脈塞栓術）を施行してもらった。

ＴＡＥと腹水処置は必要に応じて、東京共済病院に臨時入院して処置し、肝エコー検査と採血による検査と強ミノＣ注射は、ＰＬでというように役割分担した。二〇一一年（平成二十三年）から二〇一三年（平成二十五年）秋まではこの状態で経過した。

島倉さんも歌に生きることが自分の命の原動力であることを強く感じていて、二〇一三年（平成二十五年）春の大きなコンサートも、無事にこなされた。この間、ＰＬクリニックへ来所しない日は、メールのやり取りがあり、常に島倉さんの歌への前向きの気持ちが確認できていた。ところが秋になって島倉さんのメールが止まり、手紙にもハガキにも返事が来なくなった。几帳面で義理堅い島倉さんとの二十数年にわたるお付き合いの中で、こういう〝返なし〟の状態は初めてであった。私は島倉さんがスタッフやお世話になった方への対応を含め、ご自分の身辺整理をされ始めたと直感した。私の胸騒ぎは適中した。

二〇一三年（平成二十五年）十一月八日午前、東京共済病院内科の菅原部長から「今、亡くなられた」との電話が入った。私は診療中で手を離せなかったので、私と一緒に家族のように島倉さんと付き合ってきた、高橋婦長にすぐ行ってもらった。

高橋婦長から、「まだ体が温かく、きれいなお顔でした」との報告があった。

島倉さんの最期を看取ったコロンビアの方のお話によると「島倉さんは新曲を出す予定であったが、

死期を悟った島倉さんは、息を引き取る三日前、どうしても新曲〝からたちの小径〟のレコーディングをしたいとおっしゃるので、自宅へ機材を持ち込みレコーディングを行った」ということであった。

島倉さんは、死ぬまで唄い続け、唄いながらの一生を貫いた偉大な歌手であった。生まれ故郷の品川区の東海寺の墓所の一角に〝こころ〟と刻まれた立派な墓に眠っていらっしゃる。墓には、ファンの方の花が絶えないとのことである。

(二) 森喜朗　総理大臣

私が昭和五十三年二月にPL東京健康管理センター所長に就任したとき、著名な政治家が何人かドックメンバーとなっていらっしゃった。

私は石川県金沢市の出身だが、自民党の森喜朗氏は石川県選出の衆議院議員で、自民党の幹事長を務める大幹部でいらっしゃった。同郷であることや、金沢の私の親が森喜朗ファンであることも重なって、PL健管のドック健診でお会いしたときから、すっかり気が合い親しくお話するようになった。

二〇〇〇年（平成十二年）四月一日。時の内閣総理大臣の小渕氏が脳梗塞で倒れた。七月の沖縄サミットを目前にしての大切な時期でしたので、一刻の猶予もならぬということで、四月五日の衆議院本会議で自民党幹事長であった森喜朗氏が、第八十五代内閣総理大臣に指名された。

七月に沖縄で開催するサミットに備えて、四月二十八日から五月六日の九日間でサミット参加国の、首脳と初顔合わせの挨拶回りをすることになった。

森総理から「サミット会場で、初めましてというわけにいかないので、四月二十八日から九日間で世界一周する形で、サミット参加の七ヶ国を訪問して、首相や大統領と顔合わせをすることにした。総理が海外に出かけるときは、医師が随行する決まりになっている。普段は特に病気もないので、決まった主治医もない。ドック健診をやってくださる田村先生しかいない。先生随行医として同行してくれませんか」との依頼であった。総理から直々の依頼であったのでお受けした。

この年の四月末からのゴールデンウイークには、家内と家内の両親と一緒にイタリア旅行を予定していたが、家内に話してこの年のイタリア旅行はあきらめて、総理に同行することになった。

二〇〇〇年（平成十二年）四月二十八日羽田を発ち、ロシア、イタリア、フランス、ドイツ、イギリス、カナダ、アメリカを歴訪することになった。九日間で世界一周するという強行日程であったが、新しい総理大臣の挨拶回りだからこそできる日程であった。総理に随行するにあたり、看護師を一人同行することにし、人柄もよく注射もうまい大橋看護師を選んだ。

総理大臣の海外訪問は頻繁に行われていたが、どんな医師が同行したかは秘密であったため、どんな薬を用意したらよいのかと聞くこともできなかった。あらゆる場合に備えていろんな薬を用意するしかなかったので持っていく薬が多く、小さい薬局を開けるくらいとなった。幸い総理の海外歴訪の飛行機は、政府専用飛行機のジャンボジェット機であったので、薬の収納場所は十分あった。このときは山ほど薬を用意したが、その後の随行では、必要な薬も分かり救急カバンと小さい旅行バック一つで済むようになった。

総理大臣の外国訪問団なので、出入国の手続きや手荷物検査など一切なし。随行員のパスポートは緑色の表紙のものが渡された。ジャンボジェット機の政府専用機の中は、機首部分は天皇、皇后、または総理夫婦が休むベッドの部屋があり、少し離れて秘書官や随行員の席と打ち合わせをおこなえる会議テーブルがあり、その後ろには上級随行員の各省庁の部長クラスの方々の席。私たち医師とナースは、この部長クラスの席の中に席が与えられた。

この後ろは、エコノミークラスに当たる席で、同行の新聞記者、テレビ各社、ジャーナリストなどの同行記者一行であった。政府専用機を運行するのは、航空自衛隊員でスチュワーデス役も若い女子航空自衛隊員であった。アルコールも含め、飲み物は好きなものを何時でもオーダーできた。荷物は同行している外務省のロジスティックの若い人が持ってくださった。

二十八日羽田を発って、ロシアのサンクトペテルブルグに着き、エルミタージュ美術館で森総理とプーチンロシア大統領の会談がおこなわれた。小渕総理の急死によって突然の出来事のように次の総理大臣に選出された森総理は、目まぐるしい政治の変化の中で、疲労と心労でずっと風邪気味で微熱と咳の症状があって、外務省の高官や秘書が心配していた。「先生、何とか風邪の治療を頼む」と言われて、内服と夜就寝のとき抗生物質の点滴をすることにした。

風邪のときは、心身ともに〝ゆっくり休む〟のが一番良い治療法である。五月一日のメーデーの日は、ロシアの次のイタリア訪問となっていたが、イタリアの首相もお役人も休日となるはず。一日出歩くこともなしでゆっくりしてもらうことを、総理と秘書官に進言した。

歴訪第一日目のサンクトペテルブルグでのプーチン大統領との首脳会談を終えたが、森総理の微熱はまだ下がっていなかった。プーチン大統領との会談を終えて森総理がホテルへ戻って来られて、随行員の外務省幹部との打ち合わせを終えて、就寝時に点滴をすべく私とナースの大橋さんが呼ばれた。総理の部屋は、ホテル一番のスウィートルームで各室に果物とチョコレートが山盛りに用意されていた。私たちの部屋は、総理の部屋に近いところにあったが、警護のためロシア側のＳＰと日本のＳＰが部屋に出入りする人間を厳重にチェックしていた。総理がベッドに入っていらっしゃるので、点滴しながら寝ていただいた。点滴をしてすぐ、大いびきをかいて総理は眠られた。点滴が終了するまでの一時間半、ベッドの部屋の次室で私とナースの大橋さんは、注意しながら待機していた。点滴が終了したら総理の睡眠を妨げないよう抜針し、そっと部屋を失礼した。

翌朝、検温するため部屋に伺ったときまだ微熱はあったが、風邪は快方に向かっていた。森総理が冗談に「点滴してもらってぐっすり寝た。もし田村先生が悪い人だったら、眠っている間に私は死んでしまうんでしょうね」と笑っておっしゃった。これは「全面的に体のことはお任せします」との信頼の意味であった。

次の訪問国イタリアに向かうため、翌朝サンクトペテルブルグの飛行場へ行ったところ、日の丸マークを付けたジャンボジェット機が二機飛行場に駐機していて驚いた。常に全く同じジャンボがもう一機併行して飛ぶことになっていることを初めて知った。

そういえば、かつて外務大臣を務めた倉成正先生が、当センターのドック健診に来られたとき、ドック健診に来た人で車を自分で運転してきた方が、駐車の際、運転ミスで外務大臣の車に接触してしまった。この方は顔が蒼白になっていたが、倉成先生が心配ないとおっしゃって、どこかへ電話されていた。三十分もしないうちに全く同じ色の車が来たのには驚いた。外務大臣ともなると万一のため、全く同じ車種の車が常に用意されていることを知った。

次の訪問国イタリアのローマに着いた。当日は五月一日でメーデーのためイタリアの官庁も休みなので、森総理には一日ゆっくりしてもらった。夜の点滴は続行したが、一日ゆっくりしてもらったおかげで、風邪はほとんど快方に向かい随行の外務省幹部や秘書官もホッとしたようであった。

風邪はほとんどが体や思いの無理が原因となっているが、森総理も小渕総理の急逝以来、ゆっくり気の休まるときが無かったことが風邪の原因であったようだ。イタリア・ローマでの一日の休息は非常に効果があり、急速に快方に向かった。イタリアのローマの次にフランスのパリへ向かった。フランスのジョスパン首相に続いて、シラク大統領との会談がおこなわれた。総理が首脳会談をおこなっている間に、秘書官がパリの有名レストランで一緒に昼食を摂ろうということになって、私もナースの大橋さんもお誘いを受けた。メインディッシュのメニューを見て驚いた。「猿の脳味噌」というのがあった。私は普通のステーキを頼んだが、同行のナースの大橋さんは「猿の脳味噌」を頼んだ。気持ち悪くて味はどうだったかを聞く気にもならなかった。

パリでの宿泊ホテルで点滴をおこなったが、風邪はほぼ治ったようで、これが最後の点滴にしましょうと、総理に申し上げた。点滴を始めるときパリの空に花火が上がった。総理は「私を歓迎して花火を上げてくれたんだ」とおっしゃった。

パリで驚いたことが幾つかあったが、その一つに私の友人でパリのスカラ座の近くで日本料理店を経営している上野《かみの》巌《いわお》君が、私の部屋へ訪ねて来てくれた。懐かしく嬉しかったが、フランスと日本のSP網をかいくぐってよく来てくれたものだと、びっくりした。「SPが厳重に見張っているのによく来れたな」とびっくりして言うと、彼は片目でウィンクして「蛇の道は蛇さ」とささやいた。

すっかり風邪が治った総理は、パリの次にドイツのベルリンへと向かった。ベルリンでドイツのシュレッダー首相と会談を終え、イギリスのロンドンへ向かった。イギリスのブレア首相と会談を終え、夜のうちにカナダへと向かった。五月四日カナダのオタワに入り、カナダのクレティエン首相と会談した。

最後の訪問国のアメリカへ向かった。ホワイトハウスの前の外国の賓客用のこぢんまりしたゲストハウス（ブレア・ハウス）に入った（五月五日）。

クリントン大統領との会談が最も重要ということで、朝食後、ブレアハウスの中庭に森総理が一人でベンチに座り、心を沈めていらっしゃった。誰も来るなとおっしゃって一人瞑想しておられた。ピリピリとした緊張感が漂い、日本国の代表である総理大臣として、アメリカ大統領に会うという並々ならぬ総理決心のようなものを感じた。アメリカのクリントン大統領との会談を終えて、五月六日に帰国した。超強行世界一周の旅であったが、総理の風邪以外に問題なく終わった。

こうして、平成十二年（二〇〇〇年）七月二十一日から七月二十三日沖縄県名護市のザ・ブセナテラスホテルを会場に沖縄サミットがおこなわれた。

アメリカのクリントン大統領、ロシアのプーチン大統領、フランスのシラク大統領、イギリスのブレア首相など、世界の要人を間近に見た。私とナースの大橋さんも沖縄サミットに同行し、何かあればすぐ駆けつけられるよう会場のホテルの部屋で待機した。森総理は元気そのもので、朝体温を測って体調を確認する以外に、医師の出番はなかった。その後サミット以外に森総理が外国訪問されたとき、私も随行医として同行した。

平成十二年（二〇〇〇年）五月二十九日の韓国訪問、平成十二年（二〇〇〇年）八月十九日から二十五日までの南西アジアへ訪問（パキスタン・イスラマバード、インド・ニューデリー、バングラデシュ・ダッカ、ネパール・カトマンズ）にも随行した。インドのタージマハール廟墓に訪れたときは、暑さの中で救急カバンをもって汗びっしょりだったが、随行員に囲まれている中で森総理がわざわざ「ドクター、一緒に写真を撮ろう」とおっしゃってくださったのが印象に残った。

平成十二年（二〇〇〇年）十月十九日から十月二十一日のＡＳＥＭ（アジア欧州会合）のため韓国・ソウル訪問、平成十二年（二〇〇〇年）十一月二十四日〜二十五日の東アジアのサミットで、シンガポール訪問、平成十三年（二〇〇一年）三月二十四日〜二十五日にプーチン大統領と会談するため、ロシアのイルクーツク訪問。この時期のイルクーツクは、マイナス二十度〜マイナス三十度と聞いて耐寒服装を用意して随行した。日本は春で、何処にも厳寒用の衣類は売ってなかったが、北海道はまだ寒いので、札幌の東急デパートには売っていると分かり、札幌へ飛び耐寒用の衣類を購入した。イルクーツクは予想より気温が高くマイナス十度ぐらいであった。

森総理は間もなく、二九七日間の総理の座を小泉総理にバトンタッチした。イルクーツク行きが随行の最後の旅となった。森総理とはドック健診が縁となり、さらに同郷人ということで、親密度が深まり総理に就任されて、在任中、森総理が海外訪問されるとき、常に同行するという縁に恵まれた。

全国に十二万人いる医師の中で、総理の主治医を経験した医師はわずかしかいない。その中の一人となったご縁（神業）に恵まれたことは、生涯の思い出であり誇りである。総理在任中の思い出として、総理のドック健診の際、前立腺マーカーのＰＳＡが高いため、泌尿器科専門医の診断をお勧めした。泌尿器科専門医による前立腺の細胞診でがん細胞が出たため、手術となった。

国会議員がよく利用されるのが、国家公務員共済組合立の病院のトップに位置する「虎の門病院」であった。森総理も虎の門病院の泌尿器科部長の診断を受け、手術の段取りが決まった。虎の門の手術は開腹手術であった。手術が二〜三日後に迫ったとき、総理ご夫婦が、相談があるとおっしゃって、センターへ来られた。

汗をいっぱいかかれて、顔には迷いが現れていらっしゃった。総理が開腹手術にするか、内視鏡手術にするか、迷っての来所と分かっていたので、総理という立場で長い入院が不可能であり、術後の後遺症としての尿漏れの件など総合して、内視鏡手術を薦めた。納得して内視鏡手術を決心された総理の顔には、もう迷いの様子はなかった。

直ちに、虎の門の泌尿器科部長に会って手術をお断りし、前立腺の内視鏡手術で最先端の実績を持つ慶応病院の泌尿器科へ転院され、無事手術が終わって経過良好であった。まだ広くＰＳＡ検査がおこなわれていない時期だったが、ＰＬでいち早くＰＳＡ検査をおこなってよかったとしみじみ思った。他にいろいろな思い出があるが、とにかく総理の主治医として、いろんな経験をさせてもらい、私の医師人生の中での貴重な経験をした。

森喜朗総理大臣に随行して

教師退職・所長退任

私は二〇一四年（平成二十六年）九月十四日にＰＬ東京健康管理センターを退職した。もっと正確に言えば、二〇一三年（平成二十五年）七月末に「医療法人宝生会理事長を命ず」、大本庁へ帰本せよとの人事発令があった。教祖祭を目前に夫婦で真剣に話し合った結果、五十年間の教師生活で初めて「医療法人宝生会理事長をお受けできません。おしえおやの人事をお受けできないからには、教師を退職しＰＬ東京健康管理センター所長も退任します。二〇一三年八月三十一日での退職をお許しいただきたい」との願い書を七月末に提出した。二～三日して教師退職の許可が下りた。後任所長として大本庁衛生看護学校校長の北村義生先生が発令された。

私の退職願の中に、所長退職後も三十六年間の東京健管医師としてお付き合いしてきた大勢の受診者（ＰＬ会員だけでなくＰＬ会員外の受診者が多数あり）を、北村所長にうまく引き継ぐため、健管医師として働かせていただきたいとの願いを加えていた。大本庁の返事は、教師と所長退職は許可。健管で一医師として働く件については、「是非、医師として働いて助けて欲しい」との北村義生先生の一筆が加わっていて、一年ずつ契約の顧問医師として働くことが認められた。

後任所長の北村先生が着任され、着任して一か月も経たないうちに、北村先生が突然のようにPL病院へ行かれて、大腸のチェックと治療をされているとの報告が事務長からあった。顧問として所長留守中はしっかりと守らねばならないと思って、緊張した毎日を送った。

間もなく、大本庁の人事で北村先生は休養となり、後任所長に板垣信生先生が発令された。板垣先生は三代教祖の主治医で、いつもおしえおや様のお側についていらっしゃる方が、東京健管所長として来られることには少し驚いた。

また、どこでどなたが動かれたのか私自身は全く分からないのだが、田村先生に医師として健管で引き続き働いてもらいたい旨の嘆願書が本庁へ送られたとのことであった。もったいなくまた申し訳ない思いで一杯となった。

一九七八年（昭和五十三年）に所長に就任したとき、倒産寸前であった東京健管職員幹部の中で、九名の幹部職員が他の医療機関へ転職するのを止めて、私に結んで東京健管再建に懸命の働きをしてくださり黒字経営を続けることができた。この人たちが順次定年を迎えている。この人たちと一緒におしえおや様を念じながら努力してきたことは、貴重な事実であり経験である。念願であった今後の東京健管のため、内装の大改装と震度六以上の大地震がきてもビルが壊れないための免震工事を終えて、一段落ついてホッとしている。

健管がいろいろ取り組んで発展してきたことは、誰かが記録して残さないと、せっかくの貴重な事実と経験が消えてしまう。私は顧問を辞した今、自分史を記録しよう。その中に東京健管のあれこれも記そうと考えた。

私の病歴

家族歴では、父は血糖とコレステロールがやや高め、母は血圧とコレステロールが高く内服、血糖も少し高めであった。私たち子供四人とも、血糖高め血圧高めコレステロールと中性脂肪が高めと、よく似た体質であった。

私は二歳のときと、金沢大学理学部二年生（一九六一年）のとき肺炎で入院、ＰＬ教師となりＰＬ東京健康管理センター所長に就任後も、生活習慣病との取り組みが続いた。

一九九六年（平成八年）一月に、日野原重明先生のご指名を受け、日本総合健診医学会理事長に就任、学会激動のときであった。

総合健診医学会の活性化のため、全国の各施設長、事務長の協力を得ようと、菅沼源二先生と二人で足掛け四年にわたる全国行脚をおこなった。

平日の健管所長としての仕事に加え、土曜日曜の全国出張が続く中で、風邪気味が続き発熱し、二〇〇五年（平成十七年）八月にとうとう東京医大病院へ入院した。

肺炎と糖尿病、高血圧の診断であった。休みなしで疲労が蓄積していたのは確かであった。これが所長を拝命して以後の、第一回入院であった。

二〇〇六年（平成十八年）八月に二回目の入院をした。

当時名古屋の健診大手の愛知県総合保健センター（県立）が、県の財政難のため閉鎖となった。これまでの同施設への受診者を取り込もうとして、名古屋の各健診センターが躍起となっていた。

名古屋の某施設が本来の健診料金の一割の料金で健診をおこなっているとの新聞報道があった。

同時に名古屋の健診施設から、新聞報道を裏付ける内部告発があった。総合健診医学会として、放置することができず、施設長を呼んで事実を確認したうえで、同施設に対し学会の優良認定を自主返上するよう勧告した。

この自主勧告に対し、同施設が名古屋の公正取引委員会へ訴え出る事態となった。そこで学会として公正取引問題に強い弁護士を探して相談を開始した。

菅沼源二先生が学会事務局長として、公正取引委員会の調査官へ対応してくださった。

私は公取が「総合健診医学会に有罪」の判決を出したときは、学会理事長を辞任する腹を括った。

公正取引委員会の結論は「無罪」であったが、総合健診医学会と日本病院会、健康保険組合連合会に対し、いくつかの重要な注意とアドバイスがあった。

二〇〇六年（平成十八年）八月の蒸し暑い日であったが、菅沼先生と二人で弁護士さんへ公取無罪の報告に伺った。弁護士事務所は丁度ホテルオークラの裏の崖下にあった。弁護士事務所を辞して腹が減ったので、ホテルオークラで何か食べようということになった。ホテル裏の崖を登ることにしたが、ひどく息切れがして呼吸も苦しかった。おかしいなと思いながら食事をしてその日は終わった。

翌日胸の写真を撮ったところ肺炎であった。二回目の東京医大病院入院であった。このとき腎機能の低下が分かった。

一か月後に退院したが、学会事務局移設や公取問題が一段落したので、十年間務めた学会理事長を退任する腹を決めた。日野原先生に何とか承知していただいて、二〇〇七年（平成十九年）一月に正式に理事長を退任した。

二回目の入院以降、東京医科大腎臓内科の長岡由女《ゆめ》先生の外来に通院し、食事療法をしながら腎機能低下のチェックを受けていた。

二〇〇八年（平成二十年）四月に東邦大学眼科の鈴木水音《みずと》先生に、眼底のレーザー治療をしていただいた。

長岡先生のご指示で二〇〇九年（平成二十一年）八月十四日から東京医大で、人工透析（週三回）を開始し、初期導入が安定しているので、同年十二月十四日から、長岡先生が週一回出張している、新宿南口駅前クリニックに移って透析を続けている。

二〇一一年（平成二十三年）六月に国際医療センターで、私の胃に発見された早期胃がんの内視鏡による、胃粘膜下層切除術（ＥＳＤ）を施行していただいた。

二〇一一年（平成二十三年）七月二十九日に透析中に不整脈と血圧降下で、東京医大病院へ緊急入院し、大動脈弁狭窄症の診断で大動脈弁置換手術を受けた。

循環器医となって、ＰＬ健管センターの常勤医となっている次男の政近も手術に賛成した。手術は成功し、心臓手術後のリハビリをおこないながら約四十日間入院した。これが四回目の入院である。

二〇一六年（平成二十八年）十月七日に、脈不整と脱力感で東京医大病院へ五回目の入院をした。診断は高カリウム血症であった。

二〇一七年（平成二十九年）五月に東京共済病院外科部長で内視鏡の名手である後小路世士夫《うしろこうじよしお》先生に、大腸ポリープを内視鏡で切除していただいた。良性のポリープであったが、放置すると将来癌化する可能性があるということで、早めに切除していただいた。

二〇一七年（平成二十九年）十月七日に、不眠、動悸、起坐呼吸で六回目の入院をした。

透析でかかりつけの新宿南口クリニックで、高橋院長の診察を受けたところ、酸素飽和度が七〇％に下がっていて心不全で緊急入院となった。この入院で心不全は治ったが、六十九キロあった体重が五十六キロに減り、糖尿病も高血圧も安定した。

これらの病歴の間に、二〇一三年（平成二十五年）七月三十一日付でＰＬ教師を退職し、一九六三年（昭和三十八年）以来の五十年間の教師生活にピリオドを打った。その間、一九七八年（昭和五十三年）から二〇一三年（平成二十五年）まで三十六年間ＰＬ東京健康管理センター所長を務めた。

その後、二〇一三年（平成二十五年）八月から二〇一四年（平成二十六年）九月十五日までの一年一ヶ月ＰＬ東京健康管理センター顧問を務めた。

IHEAジュネーブ大会のときに日野原先生、妻智子たちと一緒にモンブラン連峰山頂にて（平成四年）

あとがき

「自分史」の執筆に一区切りつけるにあたって

「自分史」を書き始めて、次々といろんな記憶が思い出された。

二〇一九年（平成三十一年）九月末で一区切りとすることにした。

思い出の多くは二代教祖に弟子入りし（ＰＬ教師志願し）ＰＬ教校一期生となり、さらに医師を目指すことを許され、一九七八年（昭和五十三年）二月四日にＰＬ東京健康管理センター所長を拝命してからの、三十六年間の数々である。その間多くの方々にお世話になった。

ＰＬ教団二代教祖御木徳近《みきとくちか》先生と奥さまの影身祖《かげみおや》さまという偉大な方に、弟子入りできたことは私にとって最大の幸運であった。

加えて嗣祖御木徳日止《みきとくひと》先生、上原慶子先生、御木白日《みきしらひ》先生、若輩ＰＬ教師の私に種々アドバイスをくださった先輩教師の原眞事先生、奥田豊治先生に感謝申し上げる。家内の智子にも感謝したい。

二代教祖のご人徳をバックに、ＰＬ東京健康管理センター所長の職責を全うすることができた。その間には、政財界はじめ各界の方々を健診受診者としてお迎えし、長くお付き合いさせていただくことができた。

森総理の主治医として、総理の外国訪問に随行したことは、貴重な経験であった。森総理以降の総理の随行医は、国家公務員である自衛隊病院の隊員医師がその任についているので、総理の個人的な主治医が随行したのは私が最後であった。

予防医学の日本総合健診医学会に所属し、日野原重明先生に多くのアドバイスをいただいた。日野原先生から思いがけず、日本総合健診医学会の後継理事長を拝命し、東京健管所長としてのお付き合いが大きく広がった。日本総合健診医学会理事長となり、厚生労働省、日本医師会、全日本病院協会、日本病院会、健康保険組合連合会などとの、お付き合いが広がった。学会運営にあたり菅沼源二先生の絶大なご協力をいただいた。心から感謝申し上げる。

また、小川哲平先生、菱沢利行《しばさわとしゆき》先生のご協力も忘れられない。

私がPL東京健管所長を拝命してから、健管経営に苦労と努力を共にしてくれた幹部職員の信頼と誠意と努力に、深甚の感謝をする。特に元事務長三浦泱輔君、元婦長の高橋行子さんの協力は特筆に値する。

そして三十六年の間、多くの職員が心を合わせて受診者に満足していただけるよう、懸命に働いてくださった。ありがたいことだ。職員の皆さんにも心から感謝する。

健管センター長室長で、私の秘書役としてセンター経営と学会運営に協力してくれた平木尚司君にも感謝する。

「自分史」の出版にあたりＰＬ松戸教会の長友康夫様からご紹介いただいた、株式会社コールサック社代表の鈴木比佐雄様には編集と文章の助言をしていただき感謝申し上げます。また、この手書きの「自分史」を打ち直す作業をやってくださった元健管事務長の中田志朗君に感謝したい。
「自分史」に区切りをつけるにあたり、二代教祖御木徳近先生と奥さまの影身祖さまに重ねて感謝申し上げる。

二〇一九年　秋

田村政紀

著者略歴

田村政紀（たむらまさき）略歴

1940年（昭和15年）石川県金沢市生まれ
1963年（昭和38年）金沢大学理学部化学科卒業
1963年（昭和38年）PL教師志願しPL教校一期生となる
教校卒業後、荏原教会詰め、松山教会長、荏原教会長を歴任
1967年（昭和42年）荏原教会長在任中に日本大学医学部に入学
1972年（昭和47年）日本大学医学部卒業
1976年（昭和51年）医学博士
1978年（昭和53年）PL東京健康管理センター所長に就任
2013年（平成25年）所長退任
2014年（平成26年）退職
日本総合健診医学会理事長、日本総合健診医学会優良施設認定委員長（兼任）、日本人間ドック学

会理事、日本病院会臨床予防医学委員会委員、国際健診学会（ＩＨＥＡ）理事、日本消化器集団検診学会評議員、日本臨床検査自動化学会評議員、日本産業衛生学会評議員

１９９４年（平成６年）５月東京に於ける国際健診学会（ＩＨＥＡ）東京大会、第22回日本総合健診医学会大会合同大会、および日本総合健診医学会第30回記念大会の大会長を務めた。１９９７年（平成９年）１月から日本総合健診医学会第２代理事長であった聖路加国際病院の日野原重明先生の後を受けて、第３代理事長に就任（１９９７年１月〜２００７年１月）。

著書・共著

人間ドックマニュアル（分担執筆）（医学書院、１９９６年）
人間ドック健康百科（分担執筆）（ＮＨＫ出版、１９９６年）
心と体の健康法（芸術生活社、１９９７年）
高齢者健診と保健活動（共同編集）（ライフ・サイエンス・センター、１９９８年）
人間ドック健康百科改訂版（総監修）（ＮＨＫ出版、２００１年）
今日も生かされている――予防医学を天命とした医師（コールサック社、２０１９年）

連絡先／〒一七七―〇〇〇四　東京都板橋区板橋二―六三―四―二〇九（株）コールサック社 気付

石炭袋

田村政紀
『今日も生かされている――予防医学を天命とした医師』

2019年11月27日初版発行
著　者　田村　政紀
編　集　鈴木比佐雄・中田志朗
発行者　鈴木比佐雄
発行所　株式会社コールサック社
〒173-0004　東京都板橋区板橋2-63-4-209号室
電話　03-5944-3258　FAX　03-5944-3238
suzuki@coal-sack.com　http://www.coal-sack.com

郵便振替　00180-4-741802
印刷管理　株式会社コールサック社　制作部

装丁　奥川はるみ

ISBN978-4-86435-414-1　C1095　￥1800E